不是世界不好
是你见的太少

渡渡 著

永不期待，

永不假设，

永不强求，顺其自然，

若是注定发生，必会如你所愿。

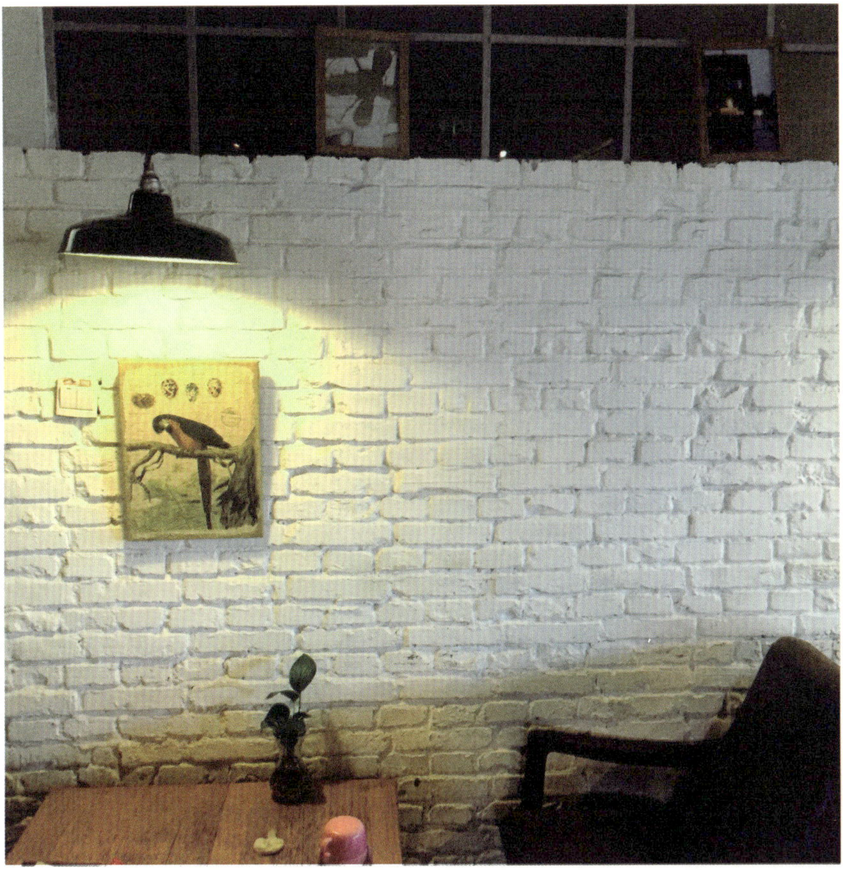

我也不止一次地埋怨过老天,

以前觉得老天对我不公平,

让我经历很多奇怪的磨难,

不开心的事情,现在我也明白为什么,

因为他把最好的留给我。

——吴奇隆

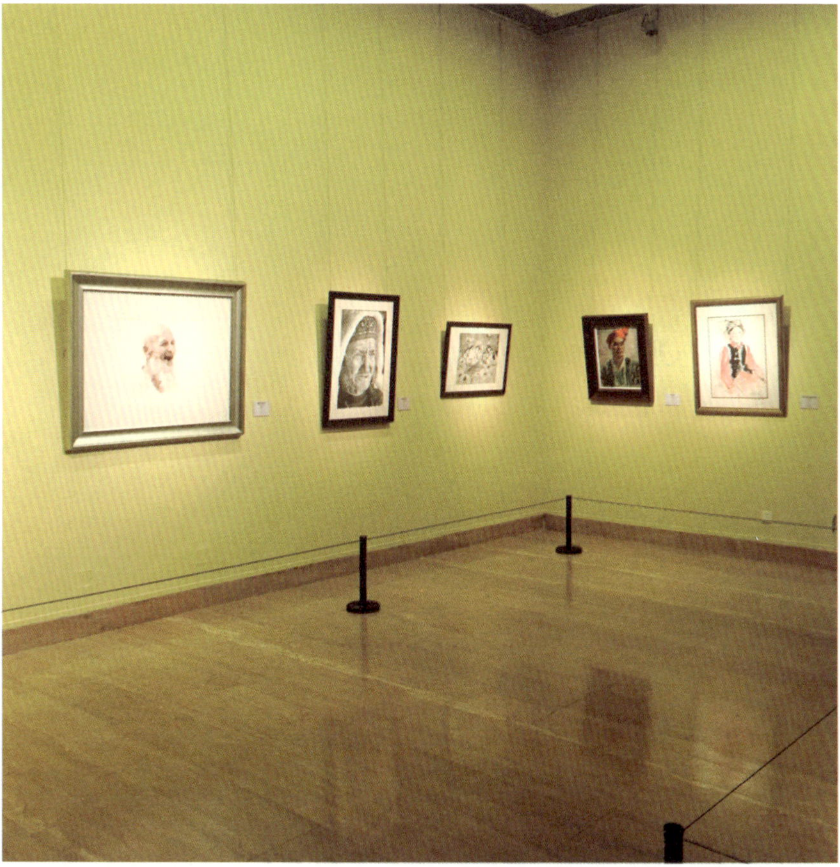

如果需要反省，

一定不是在梦想上下功夫，

徘徊不定。

而是要在才华上卧薪尝胆。

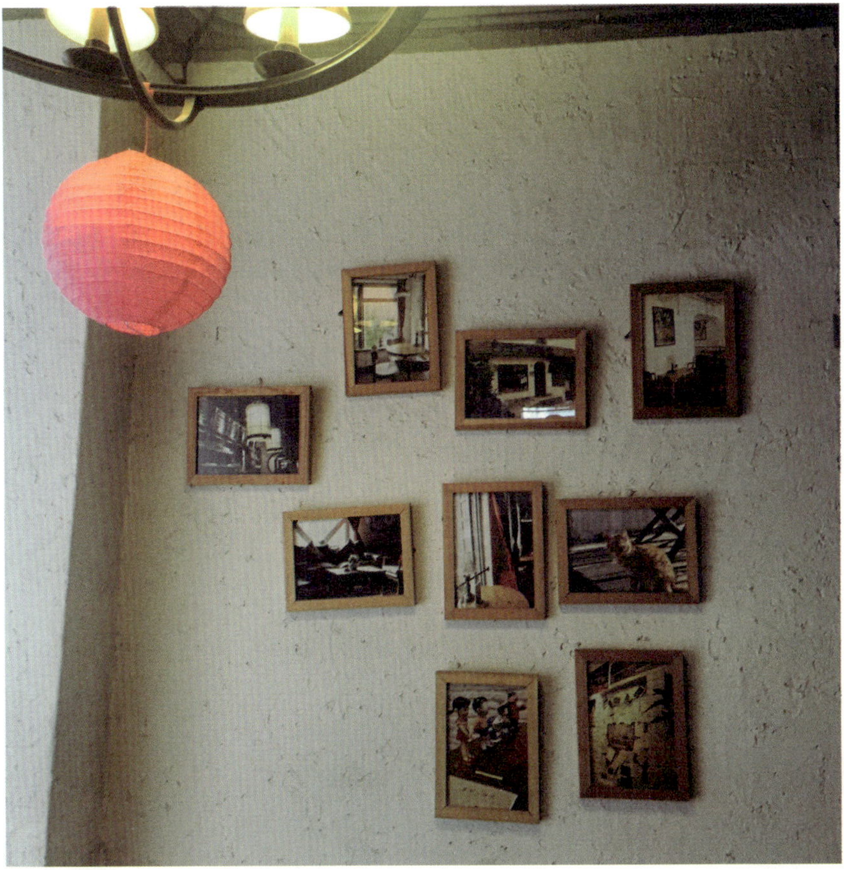

目录

PART 1
不是世界不好，是你见的太少

不是世界不好，是你见的太少	——2
做一个很棒的普通人	——6
就这一辈子，让自己高兴一点	——12
你还没真的努力过，就轻易输给了懒惰	——17
所谓稳定，需要花费更多的力气才能完成	——29
有几个人没穷过	——41
最好的友情，是你不必等我	——50

PART 2
你若光明，世界就不黑暗

你若光明，世界就不黑暗 ——58
尊重别人与自身的不同，比什么都重要 ——69
不以己度人，大概就是最大的慈悲了 ——78
这不叫关心，这叫强行输出三观 ——85
没有人有权利要求他人迁就你 ——95
这位姑娘，你的人品掉了 ——102
你会不会说话 ——109
你过得不好，不是那些过得比你好的人害的 ——114
好看才可以放肆，但丑只能克制 ——118
最珍贵的鼓励，不是"加油"，而是"我明白" ——124

目录

PART 3
谈多少次恋爱才满足

无论未来是否告别，至少当下认真相爱　　——130
亲爱的，路途遥远，我们一起走吧　　——135
为什么有的人已经谈了20次恋爱，为什么有的人还在单身　　——142
恋爱的目的，不是为了不寂寞　　——147
就送你一场暗恋吧　　——157
17岁那年，吻过她的脸，就以为和她能永远　　——167
用一段时光，换一次懂得　　——175
分开后，彼此又出恶言　　——185
在两个人的世界里，谁也并不比谁高高在上　　——193

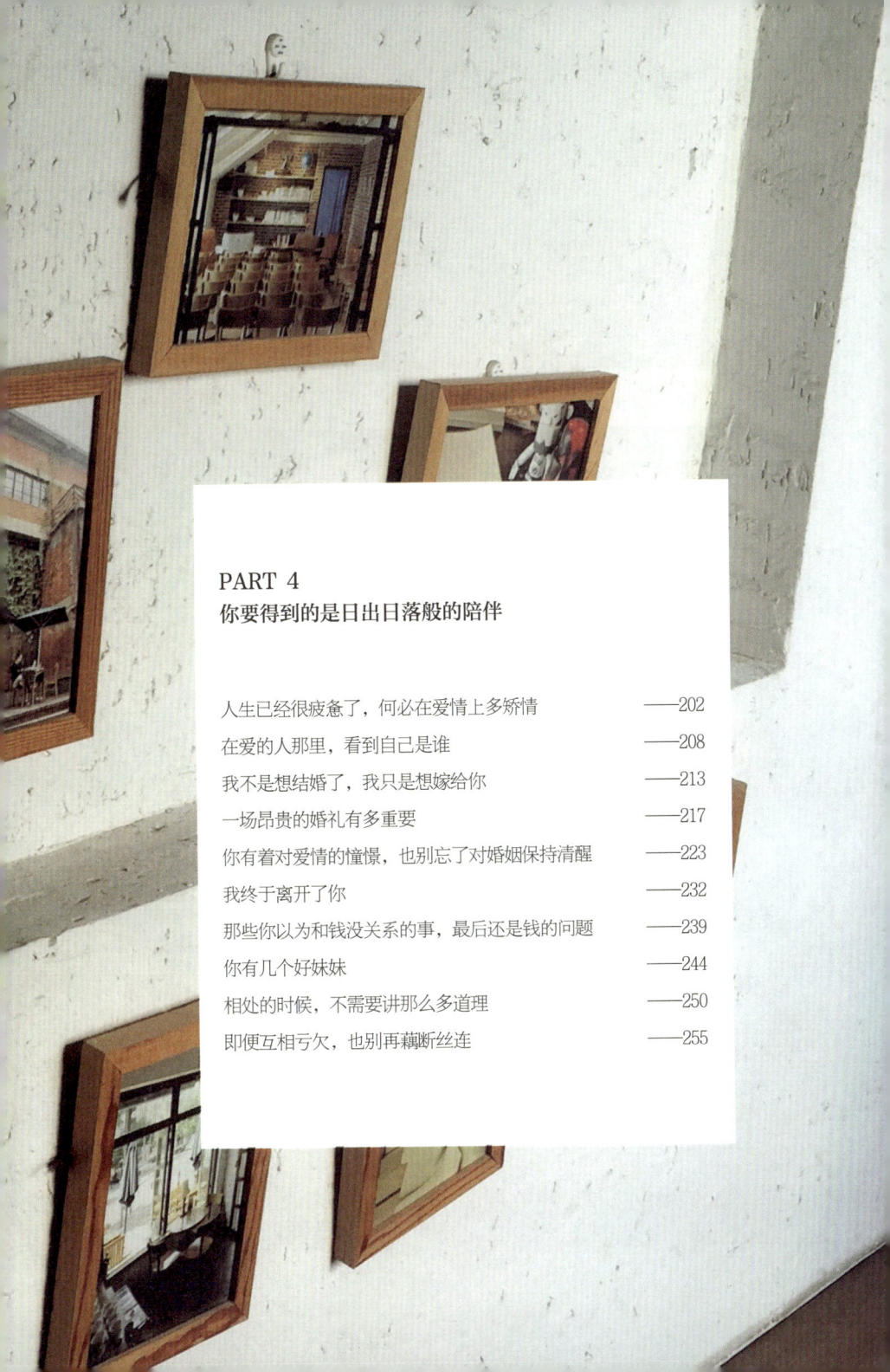

PART 4
你要得到的是日出日落般的陪伴

人生已经很疲惫了，何必在爱情上多矫情　　——202
在爱的人那里，看到自己是谁　　——208
我不是想结婚了，我只是想嫁给你　　——213
一场昂贵的婚礼有多重要　　——217
你有着对爱情的憧憬，也别忘了对婚姻保持清醒　　——223
我终于离开了你　　——232
那些你以为和钱没关系的事，最后还是钱的问题　　——239
你有几个好妹妹　　——244
相处的时候，不需要讲那么多道理　　——250
即便互相亏欠，也别再藕断丝连　　——255

目录

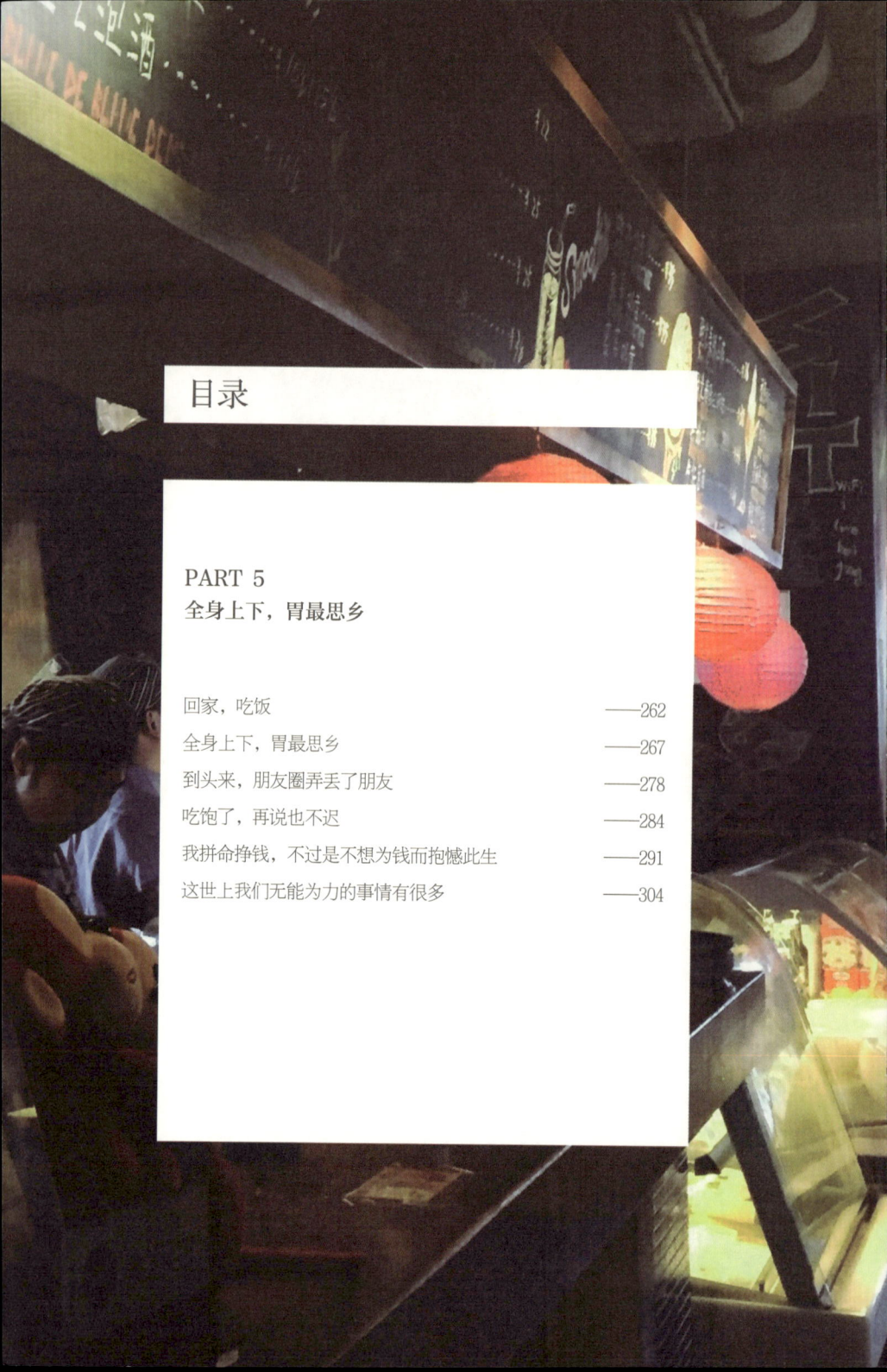

PART 5
全身上下，胃最思乡

回家，吃饭 —— 262
全身上下，胃最思乡 —— 267
到头来，朋友圈弄丢了朋友 —— 278
吃饱了，再说也不迟 —— 284
我拼命挣钱，不过是不想为钱而抱憾此生 —— 291
这世上我们无能为力的事情有很多 —— 304

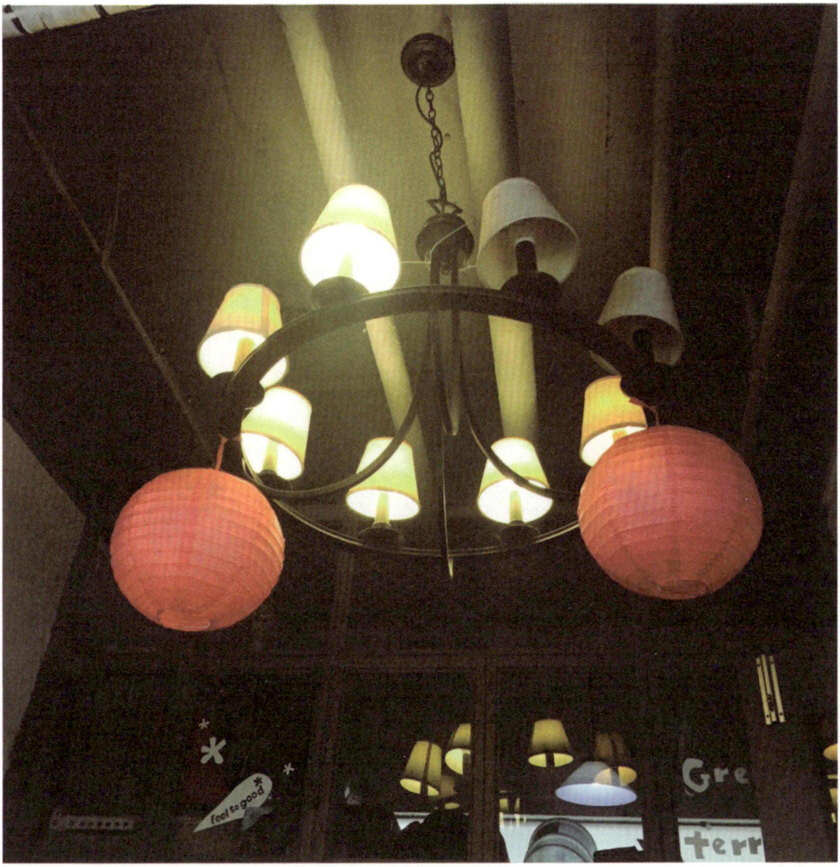
feel so good

Everything

needs

to be

cherished

一切都是难得

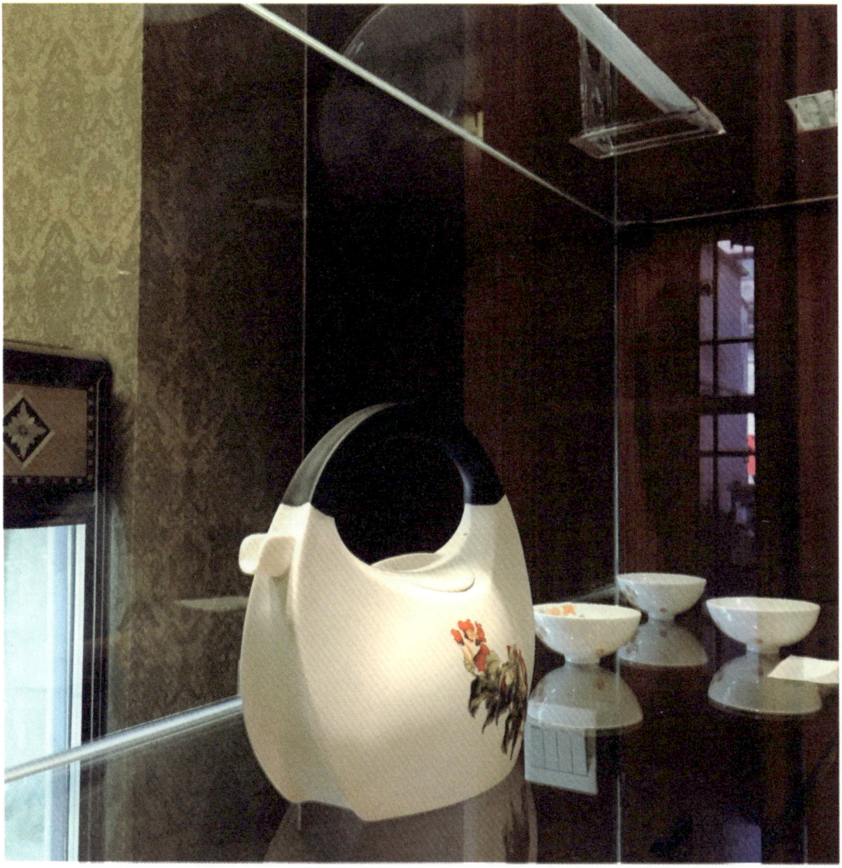

PART 1

That´s not because of no good in the world but of your limited experience.

不是世界不好，
是你见的太少

!○
不是世界不好，
是你见的太少

在一家高大上的公司上班的好处之一，是我经常分辨不清是哪种腔，管他是伦敦腔还是纽约腔的各种级别的 Boss 过来发好吃的。那天戴着绒线帽的某个香港口音的潮男走进办公室，和办公室里的各位打着招呼，迤迤然掏出一盒精致的罐子，分给众人。

盒子里面的吃食是做得精致的马卡龙，一个一个色彩缤纷，模样小巧可爱。不过，于我而言也就仅限于可爱。我对马卡龙这种被人称为"少女酥胸"的甜点没什么好感，以前在某价格不菲的西点店点过，小小的一个几十元，我这种嗜甜如命的人,都觉得它黏糊糊的,除了甜腻得吓人之外别无长处。

"哇,好好吃哎!"老板吃了一个,连连赞叹。我随手从盒子里拿了一个粉红的,咬了一口,刹那间明白了马卡龙为何获得如此多的美誉。杏仁小圆饼外壳酥脆,内里却湿润香甜,满满的草莓酱恰到好处,每层的口味都很丰富,丝毫没有甜腻的感觉。

吃完马卡龙的时候,突然脑海里闪过一句话:"你以前觉得马卡龙不好吃,不过是因为你没吃过真正好的。"

一个朋友,极为讨厌推理小说,每每看到我在读,总要对我批判一番,说是穷极无聊。后来我觉得不胜其烦,死活推荐了海堂尊的《巴提斯塔的荣光》给他,过了一周,他把书还我,颇为扭捏地问我还有没有其他类似的书可以推荐。这大概是我看过的第一个黑转粉的故事。

小时候买了许多青少版的世界名著来看,长大后也经常会看一些翻译作品。我曾经非常想不通一些名著何以会被称之为名著,不仅是晦涩,更多的是枯燥,而句子亦是拗口,后来有一次,有机会读了一册名家翻译的版本,方才感受到"信、雅、达"的美。

表姐自大学毕业后相亲无数，从 22 岁到 29 岁，仍然没有实现把自己嫁出去的目标。有次去外地看她，晚饭时听她屡屡抱怨男人的不可靠、目光短浅。而在她的人生里，除了相亲之外，连真正的恋爱都没谈过几次。

而某次，一个网友找我倾诉，说是异地恋失败。后来有一次看她的主页，总是分享一些关于异地或是异国的文章，然后留下高贵冷艳的"总会分手的"。实在是让人难以理解，她究竟哪来如此多的怨气。

想来她们，都未曾怎么经历，也未曾如何见识过，就开始草草放弃。

每次有明星宣布恋情或者有明星宣布分手，都会有一大批人在网上宣称自己相信爱情，或者不相信爱情了。对于爱情的信任，就因为一些花边新闻而随随便便地改变，那你自己的生活，又会怎么样呢？

这世上有太多的人，吃过几次烧坏的鱼，便判断鱼肉不好吃；读过几本烂书，就信了书不好看；听过几件杀人案，就觉得人心都是坏的；见过几个外围，就说女人都只爱钱；遇上过几个渣男，就说男人都是骗子；分过几次手，就以为世界上没有真爱。甚至不仅是自己悲观，还要把这种情绪都强加到别人身上。

我一直都很讨厌妄下判断与故作成熟这两件事。很多时候，我们轻易地判断某件事不好，没希望，没结果，不过是因为我们见过的太少，或者看见的东西层次不够。而仅仅凭借我们所见过的那些浅薄的世界，就去做出一脸的成熟去评判这个世界，其实并不明智。

相信美好的东西，却别仅仅是因为迷恋美好的东西带给你的愉悦。承认缺陷，而不沉浸于缺陷与黑暗面可能带来的痛苦。

心空无一物才会寂寞，人无所相信才会痛苦。

这世界并非不好，不过是我们未曾见过好的罢了。

!○

做一个
很棒的普通人

　　大四那年下午一觉睡醒，发现QQ亮了，很意外地发现居然是大神来弹我的窗。大神是我初中时候的同桌，年级永远第一。记得以前还在一起求学的那段时间，每次考完试，都是我对着永远都解不出来的物理试卷在默默流泪，他拿着满分的卷子在旁边安慰说："哎呀，其实很简单的。"初三填志愿的时候，他指着志愿表上的一个普通高中说："我要以高出这所学校两百分的成绩考进去。"换来我一个看神经病的白眼。

　　可是后来，大神没有参加中考，而是保送去了上海最好的高中之一，又竞赛得奖，去了清华，学的还是理科。上一次和他聊天，说到另一位同学保研的事，他云淡风轻地说："挺好呀，我也直博了。"

由于大四的关系，很自然地，聊着聊着说起了毕业论文。

我："我的毕业论文题目是《大型网络游戏（MMORPG）团队型玩家忠诚度影响因素研究》。"

大神："有意思，挺逗比的。"

我："这么多年同学你用'逗比'两个字来形容我的毕业论文有点伤感情。"

大神没理我："你想知道我的毕业论文题目是什么吗？"

我一脸诏媚，仿佛以前抄他卷子的表情："好啊好啊。"

大神："《NiTi 记忆合金马氏体相变朗道原理》。"见我瞬间沉默，贴心地补充了一句："我觉得这几个名词你可能都没听说过。"

我："留点面子好吗？要做实验？"

大神："是啊。"

我妄图卖个萌："和你们这些要做实验的大神相比，我们连听懂这个题目都很难了！"

大神："是的。"

是的！在下卖萌失败心很碎啊！你不是应该安慰我一下的嘛！至少说一句听不懂也不要紧啊！太高贵冷艳了啊！智商霸凌啊！哭瞎啊！

如果要用一句合适的话来总结这段对话，请这么说："不要妄图以凡人的智慧来理解神谕。"

后来我把这段对话告诉了小妞，她对于大神的冷感笑了半天之后，特别沉痛地说："你有看到我最近的分享吗？"

我在人人上翻找了一下，她今天分享了一个相册，是一个学霸妹子晒的成绩单。高分进清华，高分得各种奖。另一个女神。

"看到了。"我告诉小妞。

"她好厉害。"小妞说，"我觉得自己弱爆了。"

"可是我们本来就是普通人啊。"

前几天和一个在学校里仰慕很久的画画大牛侃大山，大牛正打算出国，问他是否还打算在美术方面继续发展，大牛表示算了。"啊？为什么？你画得那么好！"我很惊讶。

"学艺术这种事情要靠天分的，我靠的只是我画了那么多年积累下来的技术。"大牛说，"在画画这个部分，我也不过很普通罢了。"

高三那年我参加复旦的博雅杯，当时我看过的最严肃的一本书是史铁生的《务虚笔记》，不出意料地名落孙山。后来在报纸上看到得奖作品，写的是刘勰的《文心雕龙》，我去古文书店找到这本书，厚厚的一本，翻开第一页我就放弃了。对我而言，这种书并不是我静下心就能读好的，我不适合，而幸好，我明白。

我从没想过有一天，我会搞懂这世上的那些让我束手无策的物理题。初三那年我到处补课，想要试图理解那个永远光滑的滑块会滑向何方，想要知道一个电路图该怎么画才好，结果后来中考依旧被打回原形。

我也从没想过，我可以在IT领域会有所发展，那些代码、编程，哪怕我曾经学过很多学期，我也依旧在大学的VB（计算机二级）考试里显得束手无策。

就连打游戏，甚至都需要天分的，不是每个人都能成为SKY（电子竞技选手），也同样的不是每个人对着木桩狂抽，最后都能成为团队第一。

甚至，一个人不喜欢你，你再怎么努力，对方也一样不会爱上你。

有天分的才能成为大师，而没有天分的，再努力也不过是工匠。

所谓知足常乐与奋发进取，其实需要的是有机统一。小时候老师总是对我们说你们要努力，爸妈总是觉得你没考到第一还是因为不复习。我买了无数本的作文精选送给父母朋友的小孩，他们认真研读了还是给我一个不及格的答案。

过去在我们的人生里，似乎一直在强调99的汗水，后来突然有一天，所有的负能量都爆棚告诉你，你没有那个"1"的天分怎么样都不行。朋友在微博上抱怨说："总觉得身边的小伙伴都很厉害，会画画会写文，只有自己是个'渣'。"也听过有人自暴自弃地说："不管怎么样我肯定就是不行，反正我就是笨啊。"

这世上，并非每个人都可以成为神，却是每个人都能当学霸。

咸鱼翻身还是咸鱼，不会变成鲍鱼。不过，你可以决定，是让自己成为一条好吃的咸鱼还是任由自己腐烂发臭只好被扔进垃圾桶。

当你只有普通人资质的时候，想要成为神，也只不过是给自己徒增烦恼。认识到自己的平凡与不足，然后在自己能做到的领域里去做到最好。如果天资决定我可以在 60 分和 90 分里徘徊，就让自己去成为 90 分的那个，并不要去为了自己没有 100 分而痛苦。

你所有的努力，一开始的目的，不过是为了让自己快乐。你的一切奋斗，也是让自己不辜负自己的人生。

承认自己是个普通人，也是一种勇敢。做一个很棒的普通人，也是件很棒的事情，不是吗？

!◯
就这一辈子，
让自己高兴一点

有一段时间，朋友圈里有好多人在刷一篇文章，大致的内容是说，作者有几个朋友，喜欢的生活是稳定的。例如部队里的，某央企的，以及某某公司的。当然，顺理成章地，例如我们所一贯见到的那样，与标题相反的例子，全部都有着不好的结局。例如工作丢了，老婆跑了，恋人分手了。而作者，身为一个今天挣几块明天挣几万的自由职业者，正在大义凛然地吐槽这种生活，孜孜不倦地告诉大家，这种一味追求"稳定"状态的人，都是暮气沉沉，没有梦想，不知进取的。当然，也别忘了鸡汤式地激励下众人，你们要继续加油去追梦哟！不要被所谓的稳定给迷惑了哟！要不断进取哟！

去年大学毕业的时候，大概因为我们本身就是在管理学院，所以身边有不少同学都进了银行，有的人选择了考公务员。当然，去做小白领的、创业的、出国党、考研党，各种都有。每个人的家庭情况不同，所以都在当时的情况下都做出了最符合自己实际需求的一种选择。

有的人总有着一两个要干出一番大事业的梦想，想要升职加薪，当上CEO，迎娶白富美，成为下一个马云。可是也不乏有的人，这一辈子的期望，就是平静安稳的生活，有一个和和美美的家庭，稳定的工作，赡养父母，看着孩子长大，平凡而简单。

谁可以说，第一种就值得钦佩，哪怕看起来毫无计划愚不可及也依然高高在上。而第二种，因为其普普通通，就可以被肆意嘲笑？你不能强求一个家境贫寒的人，在吃不饱肚子的情况下，放弃一个稳定的工作，去追逐所谓飘忽的梦想。就像你觉得奔跑是前进，奔跑着的才是人生，可是别人就是想慢慢走，看着沿途的风景，你就认为，这一定被称为不努力吗？

我从未否定过努力的意义，也从未质疑过人生是一个不断前行的过程。

然而我却反感，把自己的人生梦想，把自己的追求，当成唯一正确的追求，然后看不起所有和自己不同的人。

别人可以觉得这不是他想要的人生，可他却无权指责这是一个浪费生命的行为。

以前喜欢一句话，叫好姑娘上天堂，坏姑娘走四方。

我有一个朋友很早就结婚了，相夫教子，每天看着孩子长大，也觉得很快乐。也有几个朋友打算到30岁以后再考虑婚姻大事，现在憋着一股劲儿拼事业。在三姑六婆的眼里，或许早结婚的那个是人生赢家，拼事业的不管挣了多少钱都只有一句"还不是没男朋友"的评价。而在工作伙伴眼里，或者又是倒过来的一件事。可是最重要的，是她们都很满足自己的状态。

想要创业的，就兢兢业业地做；想要家庭和睦的，就拿出自己的爱来倾注。

人最难的，不是做到样样好去满足所有人。

总有人习惯了高高在上，习惯了唯我独尊，却忘了自己根本没有资格指点任何人的人生。

工作的时候,经常在加班。有个人问我说,你为什么不在家里写文呢。

因为工作的时候,觉得很心安啊。看着自己的努力,聚沙成塔,然后每个月工资入袋,心满意足。想买点什么,盘算一下完全在消费能力内,于我而言是一件很满足的事情。而写文这种事情,更多的是兴趣。虽然"作家"比"小白领"听起来要高大上一点,但是却不是我想要的。而我心心念念的,不过是一个稳定的收入,让我看到喜欢的东西可以有底气去买,而不用巴巴地等稿费什么时候到账,是写文的时候能随着自己的心情肆无忌惮,不用去担忧这篇编辑不喜欢会怎么办。

这就是我想要的生活。没有那些有志气的文学梦,可是自己却很喜欢。

有的人总是在抱怨,觉得自己的生活一潭死水毫无波澜,可是有时候,并不是生活本身的错,而是他们根本没有想到自己到底在追求些什么。每一样都想要,却每一样都拿不到。说句不要脸的,最好是有公司每个月给自己打一笔丰厚的工资,却不用每天坐班，可以让自己去外面世界看看，是家里有个娇妻温柔以待，外面又有红颜浪迹天涯，是名和利都不想丢，是责任和劳累一个都不想要。

这样的人，今天在吐槽"所谓的稳定"，明天又会厌恶起"所谓的梦想"。

一个人的成熟，是知道自己想要什么，并且为之去奋斗，也是同时尊重别人的追求，即使和自己的不同，也愿意去理解。

你还没真的努力过，
就轻易输给了懒惰

某次，一个孩子在微信上发了一大堆截图给我，仔细一看，都是介绍北大清华以及各个名校的牛人学霸们的。这个人得了奥赛冠军，那个人门门功课年级第一。给我发截图的孩子很颓丧地说："我觉得我再怎么努力也比不上他们啊，突然觉得自己的未来好没希望。"

同类型的抱怨，我已经不是第一次听到了。是啊！不得不承认，这个世界上的确有很多人比我们聪明，比我们漂亮，也比我们出身好。可是身为平凡人的我们，难道因为有人比我们生而有天赋，就可以堂而皇之地放弃了么？

要知道，以大部分人努力的程度，还远远没有达到拼天赋的地步。

1.
忽然想到了一个身边的故事。

我的某个远房舅妈，一直是个亲戚中的著名人物。

舅妈出生于20世纪60年代的初期，由于时代的原因，她读到初中毕业之后，就没有继续念书了。从那之后，舅妈进入了纺织工厂上班，成为一名普通的工厂女工。也如同那个年代普遍的情况一样，舅妈经人介绍，在相亲中认识了舅舅，彼此了解后印象不错，渐渐有了感情，走进了婚姻的殿堂。婚后一年，舅妈生下了表姐。

彼时，舅舅舅妈一家三口人蜗居在一室户的小房子里，每天与邻居们共享厨房厕所，每月挣着死工资，日子说不上好，也说不上坏。80年代末90年代初，工厂尚未面临大量的转型冲击，大多数工人们习惯了这种平静无波的日子，每天重复着上下班的生活，而舅妈也是那些人中的一个。

没过多久，下岗潮还是来了。虽然尚未冲击到舅妈和舅舅的工作单位，可是舅妈身边已经有朋友被买断了工龄，一下子没了出路，成了下岗工人。原本平静的生活一下子被打破了，习惯了铁饭碗的工人一下子进入了不知所措的状态。有朋友找舅妈哭诉，觉得生活无望。也正是这些刺激，才让舅妈敏锐地发觉，如果自己再这样浑浑噩噩过下去，在不远的将来，自己可能也会成为这些下岗工人中的一个，而到时候没有一技之长的自己，又该怎么办？女儿尚且年幼，家中还有老人要奉养，生活的压力逼得舅妈不得不去想办法为将来打算。

反复思考了几天之后，舅妈下定了决心，要重新开始学习。

距离初中毕业，已经有十多年了。舅妈多年没有接触过书本，整日在流水线上的忙碌已经磨灭了学习的热情。再次拿起课本的时候，发现上面的字晦涩难懂。后来听表姐说起，在当时年幼的她的记忆里，舅妈的形象就是一个日夜苦读的身影，手边永远放着一本本的参考书和英语字典。有看不懂的单词和要点就查，然后记在小本子上反复记忆。就这样没日没夜地学习了一年多，舅妈考上了夜大，并在读夜大期间发现了精算行业正缺人才，又花了好几年，自学了精算知识，考上了精算师，在那个精算师十分稀缺的年代，她的证书变得炙手可热，帮助舅妈找到了一份待遇优厚的工作。

舅妈的努力，在没有看到回报的时候，不是所有的人都能理解的。就连一向和她恩爱有加的舅舅也不理解她，说她厂子的效益不错，想劝她不要那么辛苦，安心操持家里。舅妈也不是没有犹豫过，年岁渐长，对于书本的内容需要付出更多的精力才能牢记，而身边人的不认可，也让她难受万分。

不过好在，一切的坚持总会有回报。

舅妈从工厂辞职后，鼓励舅舅也拿到了夜大的文凭，找到了一份待遇更好的工作，脱离了工厂的体制。如今，他们早已经告别了一居室的生活，跨入了中产。而一些当年的工友还生活在这些破旧的老宅里。

曾有一次，舅妈说起与老同事见面的场景，好多人艳羡地说舅妈运气好，离开了工厂还能找到待遇那么好的工作。言语之间也不乏酸溜溜的嫉妒。

可是那些人哪里知道，他们眼里的好运气，背后都是舅妈在日日夜夜中付出的无数努力。

2.

2010年的时候，我参加高考。过后的那个暑假，拿到了录取通知书，整日在家里闲着无所事事，在学校的贴吧里意外找到了新生群，遇到了一群和自己一样的大一新生。

大家聊得很开心,有人提议爆照片。其中印象最深刻的,是一个法学系男生发来一张他高三拍毕业照时候的照片,照片里的他180斤,眼睛被挤得只剩一条缝,肥大的运动校服被撑得满满当当,顶着一头乱草似的头发,长相虽然还过得去,但是顶多也只能被称为"可爱的胖子"。

"哈哈哈……这是你吗?"我们问他。

"别笑,这儿还有呢。"他说完,又发来了一张近照。

近照中的他虽然脸还是有点肉,但是身型已经十分匀称,不复浑身是肉、松松垮垮的模样。脸上显出了棱角,居然很有些男神气质。搭配得宜,甩掉了校服带来的油腻气质。

"我去,这是同一个人?"某个妹子大呼,连连表示不敢相信。

一群人忙追问他是如何脱胎换骨的,他说:"我在高考完以后就决定控制饮食,每天以水煮的蔬菜为主,就算想吃肉,也只可以搭配水煮的鸡胸肉。饭量一下子减到了以前的一半,有时候晚上饿得打滚,也只好拼命坚持着不吃东西。"除此之外,他每天还要去健身房锻炼2个小时,硬是风雨无阻地撑了一个暑假,才有了今天的模样。

说到减肥,不得不提的还有另一个学长的故事。

大一进校，因为社团活动的关系认识了浑圆的D哥，在大学前3年的生活里看着D哥的口才越变越好，身材却越变越圆。高峰时期，甚至只要一个起身，就能看到D哥的赘肉在颤抖。D哥比我大一届，尽管成绩和口才都是值得一夸的，可是当时的形象实在不敢恭维。身材不佳，也买不到合适的衣服，D哥平日里的打扮都是各种大码的T恤和牛仔裤。大学毕业的时候，D哥一直没有找到理想的工作，隐隐约约听说是因为太胖的原因。之后D哥又选择了考公务员，面试的时候又被刷了下来。

接二连三的打击令D哥非常黯然，毕业之后他没有留在上海，而是回到了老家开始准备起了去英国读研的事情。之后一段时间，D哥在各大社交网站上销声匿迹，我与他很久没有联系。而再一次聊天的时候，到了临近我毕业的时光。出人意料的是，再次出现的D哥，居然从那个浑圆的胖子，怒减几十斤，成了一个结实的肌肉男。

D哥再次出现之后，在网上发布了一篇日志。其中谈到了过去一年的纠结，大四毕业后是他非常难熬的一段时光。不仅找不到顺心的工作，而且留学的事情准备得也不甚顺利，D哥在压力之下选择了继续大吃大喝，体重再一次勇攀高峰，达到了人生的峰值。

某个晚上,他看着镜子里面的自己,感觉自己已经完全变成了一个不认识的人。按照D哥的原话说,就是"认识到自己已经低过了底线"。出于一种想要改变的心态,D哥决定开始减肥。一开始的时候,他在跑步机上跑了十几分钟就累得气喘吁吁,仿佛只要再坚持一分钟,他就能在跑步机上晕过去。可是他还是没有放弃,哪怕再难受,还是没有下机器。过了一段时间,他从跑不了十几分钟,到可以坚持一个多小时,同时配合教练指导的各种肌肉训练。

"真的太累了。可是不坚持,我还能怎么办?"D哥对我说。

D哥的坚持是有成效的,身形的改变极大地鼓舞了他,同时留学中遇到的困难也终于得到了解决。按照他的话来说,当自己想要开始改变的时候,不要先给自己一个放弃的理由。

生活当中,经常听到某些朋友喊着要减肥,但是隔了一段时间去看他,还是原来的老样子。仔细一问,他所谓的减肥,还是维持着每天吃饱了饭躺在沙发上一边玩手机一边吃零食的生活状态。当你好心提醒他去运动的时候,他又会找出种种的借口,"今天太累了,明天吧"。过不了几天,站在秤上惨叫的还是他。

仔细想想，他为减肥付出的努力，大概就只有在新年愿望上写"我要瘦"了。

喊着减肥的人太多，但是成功者总是尔尔。失败者常常会说，减肥实在太难了。而问起那些减肥成功的人秘籍，无外乎少吃，多运动。懒惰的人才会编出"不吃饱哪有力气减肥""不是不减肥而是敌人太强大"的段子，而真的去做的人，好身材就说明一切了。你叫了那么多句你要瘦，却从舍不得少吃任何一口。

而那些所谓的减肥药，一周20斤减肥法，从来都不过是做美梦人的安慰剂。

3.
接下来再来说一个爱情故事。

大学时候，我问几个朋友，最讨厌的一种恋爱模式是什么。结果10个人里面有8个对我说，最讨厌异地恋。当时我们学校有两个校区，其中的距离大概坐地铁一个小时多吧。彼时都是学生党，来去很不方便。于是我有个朋友打出口号说，找男朋友连另一个校区的都不想考虑，就是因为感觉离得太远，很难坚持。

关于异地恋的看法，我一直都是秉持着"可以不谈，那就别谈"的想法，毕竟根据无数惨痛故事来说，异地恋失败的可能远高于非异地恋。至于异国恋，更是加上时差，变成考验的平方。而万万没想到的是，我对异国恋所有的不看好，却被一场婚礼给改变了。

5月的时候作为女方的宾客参加了一场婚礼，新娘是父母朋友的女儿，肤白貌美、名校毕业、外企白领。男友则是澳洲某名校毕业的硕士，现在亦有高薪工作一份。原以为他们必定是相亲或者朋友介绍才在一起。没想到，根据司仪介绍，新郎新娘两人是从高中时候就相恋，一直走到今天的。

高考之后，女生留在上海读大学，而男孩选择了去澳洲上学。这一异国，就异国了7年。

婚礼之中，新郎拉着新娘的手，动情地细数着恋爱中的点点滴滴。回头想来，其中最辛苦的经历，是为了见一面。女孩在进了大学之后，就开始节衣缩食，遇上假期，就四处实习攒钱。只是为了可以攒出一张机票钱，能光明正大地到澳洲去探望一下男友。而远在澳洲的那位，亦没有辜负姑娘的这份辛苦，只要是在课余，男生就会去各地打工，到餐馆端盘子，去车行洗车，这也舍不得，那也舍不得，拼命节省，不过是为了在女友来的时候带她到处好吃好喝。说起来，新郎新娘双方的家境都不差，可是他们从恋爱到结婚，却都为这段感情付出了最大的诚意和努力。

在无数的夜晚，他们怀着对对方的思念而沉沉睡去，在动摇的时刻仍然坚持自己的信念。从青涩少年走到如今的终成眷属，在7年里的聚少离多中，两个人不是没有过争吵和分离。彼此离得太远，又正值青春年少，身边也并非没有出现过诱惑和孤独。我们总觉得，爱情很难敌得过距离，也很难敌得过时差。可是这些所有的不利因素，最难敌过的，无非是人心的坚定。

我们总说现在的人太浮躁了，说现在的社会没有真爱了。这世上有那么多人一边抱怨着要开始相亲度日，一边又罗列种种条件。强调家世，苛求学历，要求身高长相年龄，拒绝异国恋异地恋，林林总总，说到底不过是为了减少麻烦。要求越精准，对方也越不符合这个要求。其实说到底，不是真爱少了，而是人懒了，再也没有了为爱坚持的勇气和付出一切去努力的决心罢了。

那些把你感动得痛哭流涕的所谓正能量，不过是主人公比平常人多坚持了一点，多努力了一些。

4.

见过很多人，总喜欢给自己定一个巨大无比的目标。有一个远大的梦想是一件很不错的事，但是实现远大梦想，靠的是一个个短期目标的相连。可是他们在定目标的时候就暗藏了懦弱的退路，脑海里怀着"既然目标那么难，那么不做到也没人怪我的吧？"的想法，然后拖拖沓沓，喊着苦喊着累，又随随便便放弃了。你问起他们的时候，他们会找出无数冠冕堂皇的借口，却始终无力承认自己的懒惰。

也有人会整天说，"我努力挣钱有什么用呢？再怎么努力也比不上含着金钥匙出生的富二代""我为什么要努力读书呢？那些高智商的人随随便便就能把题目都解开啊"，怀着这些说辞的人往往对自己的生活不满意，而又不愿意直面人生惨淡的最关键因素始终在自身。

见别人奔波受苦熬夜苦读，心满意足于自己的贪图享乐，见别人情商高朋友多，就觉得别人是这个婊那个婊，别人辛苦工作获得晋升，就觉得对方肯定送礼拍了马屁，浑然忘了自个儿每天迟到早退，工作起来推三阻四。也忘了面子是别人给的，里子却是自己挣的。

什么都没干，就什么都想放弃。张嘴一来就是安享平淡，其实都是懒惰者的说辞。这想要的平淡里有花不完的钱——舒服的好房子，漂亮的衣服美好的食物，还有爱的人。你以为轻而易举，可是你看，这哪一样不得要费尽心思拼了命去奋斗？

特别喜欢《老情书》里面老太太的那段话：老和尚说终归要见山是山，但你们经历见山不是山了吗？不趁着年轻拔腿就走，去刀山火海，不入世就自以为出世，以为自己是活佛涅槃来的？我的平平淡淡是苦出来的，你们的平平淡淡是懒惰，是害怕，是贪图安逸，是一条不敢见世面的土狗。

别在这辈子，活成了一个让自己都看不起的人。

10
所谓稳定，
需要花费更多的力气才能完成

我和阿侬从学生时代相识至今，不知不觉已有十几年了。

阿侬从小就是个美人，成绩也不差，某985毕业。没想到毕业的时候，阿侬却没有找到一份顺心的工作，现在在一家国企做客服。每天就是接各种天南海北客户的电话。虽然听着国企似乎不错，可事实上这份工作工资不高，在魔都也就是糊口水准，更别提顾客一个心情不好，还动不动喜欢打电话投诉。

自从工作之后，阿侬的苦水渐渐多了起来，听多了之后我发觉，阿侬的这份工作实在不怎么样。

根据对阿依这么多年来的了解，她绝对是一个好脾气的人。而越是她好脾气，同事对她的态度也越发的随便了。阿依这个人很好说话，别人拜托给她的事情，她向来不太会拒绝。时间一久，老员工们都知道了阿依这个新人是个好欺负的主，渐渐就习惯了让她做各种端茶送水的小事，而最过分的，无非是工作上的倾轧。

记得有一次，阿依很生气地跑来直哭，一边对我诉苦，说办公室里的同事太过分了。

问了详情才知道，原来是被办公室里的同事们给狠狠坑了一把。

阿依平时做客服，客人来问报价的时候，阿依都按照同事之前的培训，报的价格为产品牌价的两倍，那天领导查汇总的交易单，发现了有些不对劲，就来问阿依，为什么同一个产品有两个不同的报价。阿依一脸茫然地看着领导，周围的同事们全都默不作声。领导把交易单往阿依面前一放，她翻看了一下，发现除了她之外，别的同事从某一天开始报的价格集体从2倍变成了1.5倍。而那一天，恰好是阿依生病请假的日子。

阿依和领导说了自己不知情，可是在领导的眼里，却是因为阿依工作不负责才导致了报价的不同。同事们又统一口径说之后和阿依提起过，以为阿依已经知道了。阿依这才明白，原来自己是被同事们集体给坑了一次。倒也不是那群人真的有心想要作弄阿依，只不过当时他们忘记转告阿依，如今事情揭发出来，当然不肯自己承担被骂的风险，于是众口一词地把责任推给了阿依身上。

阿依有口难辩，被领导狠狠教育了一顿，她委屈得不行，越想越觉得这样没有意思，便来和我说心中的不忿。

"阿依，这是不对的，换份工作吧，这份工作没有你坚持的必要啊。"我说。

"我也知道啊，唉，我去试试找新工作吧。"阿依说。

过了几天我又问阿依："找工作的事情有眉目了吗？"

阿依过了半晌回我说，觉得现在的工作虽然有点不顺心，可是还是稳定的，那些同事也不是真的忍不下去了。找工作这件事太烦人了，她想想还是算了。

过了不久，阿依又来倒苦水，内容和上次差不多。

"唉……觉得对人生好迷茫啊。"阿依叹了口气。

"亲爱的啊，你怎么还没换工作？"我问阿依。

"再等等吧,我一定换。"阿依口是心非地说道。

又过了一年,同学聚会时候,大家隐晦地聊起工资。阿依才惊觉似乎自己站在了下游。当我问了一年"为什么不换工作",可是迟迟没有见到阿依的动作之后,我渐渐也有些放弃了。

同学聚会之后,阿依来问我:"现在好像很迷茫啊,这份工作没有出路,我也不知道该怎么办。"

"你当时为什么会想选这份工作?"我问阿依说。

"因为它稳定嘛,工作也不是很忙,福利还挺不错的。"阿依说。

"但是没有前途啊,领导一般,同事一般,发展前途堪忧,你有想过将来么?"我问她。

"啊啊啊,好烦,可是我真的不知道怎么办啊。"阿依说,"前途真是惨淡啊。"

"你这不叫前途惨淡,你这叫懒。"我对阿依说。

见过好多如同阿依一样的倾诉者,他们并不满意自己目前在工作上的现状,可是当你劝他们去改变的时候,他们又能找出无数的借口,千方百计地拖延时间。他们总是重复着类似的疑问或是抱怨："未来应该要怎么办？每日都觉得迷茫不知所措，前途一片黑暗。"又或者是觉得人生无趣，自己都被别人掌控。好像每天重复着前一日，不管是工作还是感情。工作中永远都是别人让自己做什么，然后自己再去做。

阿依也经常会在朋友圈转发一些励志的鸡汤。每次都看得热血沸腾，想要下定决心改变现状。可是事实上，她的决心也不过是说说罢了。有段时间，总听到阿依想要去学这个那个，说什么要趁现在充实自己。可是往往一觉过后，冲动和激情又烟消云散。

心里没有动力，看再多的鸡汤，发再多立誓言的微博朋友圈都没有用，毕竟你要参与的是残酷却奖励丰厚的现实，而不是表决心大奖赛。

也有人说，不是自己不想改变，也不是自己想要偷懒，只不过是找不到努力的方向，也没有人肯来帮一把自己。

阿城就是其中的一个。

说起来，阿城是我工作中遇到的一个朋友，那时候他正在某个杂志社做一个工资极低的小助理。由于一些工作上的往来，我们很快就认识了。年龄相仿，又发现彼此都喜欢同一款游戏，很快我就和阿城熟悉了起来。

有天晚上我刚结束了团战，突然看到了聊天框里阿城发来的消息。

"在吗？我心情不好，可以聊聊不？"阿城问我。

"在啊，怎么了？"我问阿城。

"我和父母吵架了。我爸妈，唉，真的没什么好说的。"阿城的语气里满是不痛快。

"我真的不知道自己活着还有什么意思，每天都没有活下去的动力。我都23了，现在这样大概是叫一事无成吧。"阿城很颓丧地又发了一条消息过来。

和阿城聊了几句，才得知原来他的父母都是医学专业出身。阿城高考的时候，父母很是希望他也能继承自己的专业。可是阿城天生对医学没有兴趣，想要去学计算机。父母并不看好计算机专业的前景，依旧坚持让阿城报考医学院。对于父母的干预，阿城强烈地反对，但是当他提出异议的时候，父母的反应都异常得坚决和激烈。

记得有一次，阿城和父母关于此事又大吵了一架，阿城的母亲哭着说自己辛辛苦苦把阿城拉扯大，拼死拼活地工作，就是为了给阿城提供一个好的生活条件，没想到阿城如此不理解他们的苦心，简直就是个不孝之子云云。说来也是令人觉得恶心，这天下总有些父母，觉得自己生个孩子，就得让孩子来完成自己的理想，都偏偏以为这样才是最为了孩子好的。

阿城妥协了，在父母的要求下，阿城还是顺利地进入了某校的医学院开始学习临床医学。然而事实上，阿城对那些所谓的专业课根本毫无兴趣，每天上课都是无所事事地混日子。回到寝室，也不想要复习，而是投入了电脑游戏之中。医学生的课程本就繁重，不花费大量的精力很难顺利过关。以阿城的状态，果不其然地以挂科作为了一个学期的终结。

"我不想念了。"阿城对父母说。

和高三时候一样，只要当阿城表露出一丝对读医的反感，就会引来父母猛烈的抨击。而很多事就有着悲剧的因果循环，父母的压迫让阿城读得非常不开心，他想要提出转专业，却又引来父母新一轮的压迫。阿城对自己无力改变的现状深深痛恨，于是把对读医的不满全部发泄在了网游上。

到了大三的时候，阿城挂的科越来越多，学校给了他退学警告。父母知道了之后，对阿城的所作所为表示了极大的愤怒，阿城一气之下干脆退了学，彻底和父母闹翻。幸好有朋友在杂志社工作，便帮阿城谋了一个助理的职位，好让他在父母的经济制裁之下还能过一下自己的小日子。如今阿城就维持着朝九晚五，回家打游戏的状态，也不和父母说话，回到家都是冷着一张脸。那天晚上母亲忍不住说了阿城一句，双方又爆发了极大的争吵。

"我该怎么办。有没有人可以帮帮我。我就一辈子这样下去了吗？"阿城问我说。

"你现在喜欢的还是计算机吗？"我问阿城。

"是啊，可是我都从学校退了学，还有什么机会去再从头学起？我现在在别人眼里不过是个失败的典型罢了。每天工作看起来还不错，可是我难道就这么混一辈子？"阿城很焦虑。

"既然你喜欢，为什么不去从头学起，你现在有自由也有工资。现在社会上到处都有培训班，只要你有技术，学历就不是最重要的了，找工作的时候你的专业技术远比你的文凭重要。再说了，现在你也不过23，还有大把的时间和机会。"我对阿城说。

阿城却还是很怀疑，在他的心里，他痛恨着父母当初对他的逼迫，也痛恨自己因为父母的压力而放弃了自己喜欢的专业。说句真心的话，比起让阿城再去学习计算机的编程，他心底更情愿把自己的不得志怪在自己父母的头上,好让自己的内心好受一点。

阿城的父母有错吗?的确有错。无论何时,要让自己的孩子来完成自己的人生目标都是一件不公平的事情。可事已至此,唯一可以改变阿城生活状态的,也不过是阿城自己罢了。这世上,唯一可以帮你的人不是只有你自己吗?只要想去努力,自然不会找不到方向。阿城的遭遇,一开始的确让人同情。可是他反复抱怨着不知道应该怎么办,责怪着父母害他,听多了也让旁观者觉得很烦。

找不到努力的方向,是因为从来都没有走出去过,从卧室走到客厅就觉得腿酸脚疼浑身乏力,然后往地上一躺。你都没有开过大门,还找什么方向?

我不否认,阿城仍旧心怀有梦,但是当这个梦想如今需要阿城付出多一点的努力的时候,他又退缩了。多年的沉迷于游戏和怠惰早就消磨了他的勇气与勤奋,而要他再捡起来,无异于是逼迫他去改掉这些年来的懒散。遇到问题的时候,逃避无异于是一件比面对更简单的事情。不仅仅是对阿城,对许多人来说都是一样。

前不久看了一个帖子，问在 1990 年前后出生的我们，现在都过得怎么样。

在上千的回复中，其中最常出现的一个单词，是迷茫。

二十四五岁的我们，站在青春的末尾怀念青春，站在人生的开端怀疑人生。

别人问起来，都说还好。

而自己问自己，都觉得茫然。

迷茫的出现是正常的，当我们从象牙塔里走出来，面临着未曾见过的社会上的各种冲击，诱惑与挫折接踵而来。很多并不喜欢的事情不得不去选择，而自己喜欢的事物未必能如自己所愿。这种时候，我们最常问自己的问题，无非是："我应当怎么做？我应当怎么走？"

有的人咬咬牙前进了，也有的人就此停了下来。例如阿依，觉得自己渴望稳定，随遇而安。可是她自以为是随遇而安，其实不过是懒得出奇，拖延得出奇。这并不是在追求稳定，而是在追求安逸。所谓的稳定，其实往往需要我们花更多的力气才能达成，而不是留在原地，混吃等死。

而事实上，你远没有你自以为的坦然。

而如同阿城，一边恼怒现状的不顺与自己的无能，却又不想去改变。他既不甘心，又不想动作。可是内心深处充满了焦虑不安，还要强撑着苦笑，一边振振有词，说人生不过都是无数的无能为力。他还没有去选择，就开始担忧做错了会被惩罚。他害怕受伤，怕碰壁和被人嘲笑，所以迟迟不愿意走出那一步。

这两种类型，正是我们身边所常见的"迷茫"。不是不能做，只是懒得去做。

他们总是有着大把大把不值钱的矫情，可以堆积成山的白日梦。嘴上不知道做什么，就干脆选择了什么都不做。用尽了所有消极的词汇来描绘自己，觉得那是生活的常态，明明已经时不我待，觉得自己还有无限好时光。

如果真要用一句话形容，那就是间歇性地踌躇满志，却持续性地混吃等死。

与其花费着大把的时间来安慰自己的玻璃心，沉浸于自己不值钱的迷茫。不如出去走一走。天知道哪条路一定是对的，无非就是不停走不停走，这条错了就选另一条，没有目标就边奋斗边确认。一边走一边学，知识越多，眼界越广，就会渐渐明白自己要些什么。就算是别人的建议，也要学会分辨好坏。

那些让人仰望着的人就从来没有错过吗？没有承担过损失吗？只要活着总有重来的机会，错了又怎么样，又能怎么样？整天想着天塌下来会有别人替你扛，可是别人又凭什么替你扛？不要老是重复自己已经多少岁了，好像人生都没有机会了。不如想想自己才多少岁，还有大把的时间给自己去尝试。

人生不怕迷茫，也不需要你那些响亮的口号。它真正需要的，是你脚踏实地的付出。

别把迷茫，当成混吃等死的借口。

10

有几个人没穷过

父母辈有个朋友，生意相当成功，在寸土寸金的魔都置业无数，香车宝马，生活得相当惬意。

说起来，这个如今生活优渥的叔叔也是穷过的。大约是20年前，叔叔还是一名捧着金饭碗的公职人员，生活平静，不过可惜家底不丰，娶妻生子之后时常感觉到依靠工资过得捉襟见肘，虽然不至于需要父母的接济，但是也实在算不上过得好。

约莫20世纪90年代中期的时候，正遇上经济的快速发展，魔都开始出现各种各样的商场，有天叔叔带着妻儿去逛街，看到儿子盯着柜台里的玩具目不转睛的模样，叔叔上前向营业员询价。而询价的结果令叔叔大吃一惊，一个小小的所谓进口玩具，居然逼近了他一个月的工资。叔叔无奈，只好想着把自己的儿子带走。没想到这次，一向乖巧的儿子却大哭大闹起来，吵着要买玩具。众目睽睽之中叔叔和阿姨相当尴尬，又不能直截了当地对儿子说爸爸妈妈没钱，好言劝了几句之后，儿子依旧不听，在商场柜台前吵着不愿意离开。

叔叔觉得丢脸，一巴掌狠狠拍在了儿子的屁股上，一把抄起儿子，脸色铁青地就离开了。

晚上回到家之后，叔叔和阿姨两个人把早就哭累了睡着的儿子小心地放在了床上，两人坐在饭桌前对看一眼，沉默了半晌，叔叔开口说："既然他这么喜欢，要不我明天给他去把那个玩具买了吧。"

"不行，太贵了。一个月的工资就买个玩具，你疯了吧。"阿姨有些生气地对叔叔说。

"唉，都怪我不争气。"叔叔垂头丧气地说道。

"没有的事情，别瞎想了。"阿姨好言安慰道。

据说那一晚上，叔叔一个人抽了一晚上的烟。第二天便下定了决心，打算学自己家一个远房表弟开始做生意。早年那个远房表弟的家境比叔叔还要差，但是经过几年打拼，如今竟然比叔叔富裕了好些。叔叔想着，自己比表弟可是要能干不少，如果生意挣钱了，可比现在挣死工资要好多了。他把自己的计划和妻子还有父母一说，却遭到了亲人们强烈的反对，原因无他，主要是当时经商在大家的心里还是一件很不靠谱的事情，而守着一份公职，虽然生活清苦了点，但是只要不出大错，好歹生计不愁。

这一次，一向温顺的叔叔没有答应。他在众人的反对声里向单位提交了辞职信，联系上了表弟，搭上了一个批发商的线，开始做起了服装生意。而众所周知，做生意这种事，光靠勤奋是没有用的，还得依靠机遇和眼光。叔叔一开始选择在公园门口摆摊，但是不知道为什么，尽管他起早贪黑，生意却一直没有什么起色。渐渐地，叔叔仅有的资金就陷入了周转不灵的情况，货款付不出，摊位费没有钱交。叔叔没有办法，只能向亲戚们开口借钱。

许是那个时候，在亲戚们眼里，叔叔可以算是一个"脑子不正常"的人，放着好好的公职不做，去做个小摊贩。亲戚们这次极为一致地推脱了叔叔借钱的请求，有的好心劝他还是回去跟领导求求情，再回单位去上班吧，而最过分的，则开始在背后嘲笑叔叔脑子有病。叔叔走投无路，心情沮丧到不行，好在阿姨虽然不支持他的生意，也不忍心看着丈夫整日消沉下去。终于，阿姨咬了咬牙，卖掉了自己陪嫁的金首饰，换了钱给叔叔，让叔叔保证如果这次再亏完了，以后就绝口不提做生意的事情。

"我当时的压力真是太大了。心里一直在想，如果这次失败，我怎么对得起你阿姨。"某次酒局上，叔叔很认真地说。

不过，也许是叔叔时来运转。在一个老同学的介绍下，叔叔以一个极低的价格租下了某个商场楼下的移动花车，告别了在公园摆摊的生涯。市口的改善给叔叔带来了机遇，生意渐渐好了起来。当时，叔叔满脑子想着省点钱，也就没有请营业员，全靠自己一个人张罗。每天中午正是生意好的时候，叔叔不愿错过任何一单，咬着牙不吃饭坚持着，实在觉得饿了，就用开水冲一点带来的冷饭，就着榨菜随便吃一点，权当是一餐了。

有了移动摊位之后，叔叔每天早上7点多就得到商场开始做准备，生怕有人抢占了更好的地形，一直要忙到晚上10点多才能骑着自行车回家。

通常等叔叔到家的时候，阿姨和儿子已经睡着了，桌上给叔叔留的饭菜早已凉透，为了不吵醒妻子，叔叔就把饭菜随便热一下，一个人吃了晚饭，轻手轻脚地洗漱睡觉。说起来，当时最大的感受，不是疲惫，而是很深的孤独。每天和各种不同面目的客人打交道，回到家看到妻子也忙了一天，不忍心把她叫起来说说话，转念又想到亲戚们的冷脸，竟然产生一种没有人可以交流的难过。只有摸着腰包，想着一天的辛苦好歹还是有回报的时候，这种孤独感才稍有缓解。

叔叔所提到的这种孤独，许多与他相似的白手起家的长辈们都有过。在没有人认同的时候，一个人独自拼命，而且前途未卜，其间的滋味并不好受。每次能拿来安慰自己的，无非是"熬一熬"和给家人改善条件的信念罢了。

记得读大学的时候，同学阿裕在我心目中，一直就是个"别人家的孩子"。别说年年都是国奖获得者，GPA（平均分数）年级第一，此外还口才了得，是当时辩论队里的扛把子之一。我们大部分都是一群浑人，每次开例会的时候，负责插科打诨讲笑话，倒是阿裕一直都是靠谱的那个。有什么不懂的事情，直接去问阿裕，保准可以得到准确的答案。

聚餐的时候，队长终于忍不住问阿裕："你到底是怎么做到一边忙着学生会，一边学习，还要一边准备比赛的？"

阿裕从手机里面翻出了一个日程安排的 APP，给我们众人浏览了一下，看见每个时间段都密密麻麻地分别写着"复习财务管理第三章，做笔记，阅读第四章""写学生会工作报告休息一个小时，观看美剧一集，无字幕脱口秀一集"等，把我们一个个惊得目瞪口呆，差点没直接站起来给她起立鼓掌了。

认真勤奋的阿裕非常可爱，可是并不是每个人都喜欢她这样的。

阿裕每天早上 6 点起床，去公共浴室里面洗漱完毕回到寝室，就开始了自己的预习工作，等到 7 点半准时吃早饭，一切按照日程表进行。当一群混日子的人之间出现了一个勤奋的人，众人的第一感受往往是不舒服，因为对方和自己不一样，可是自己又没有能力做到对方这样。而寝室生活，尤其如此的，如果室友们无法将阿裕同化，那么等待阿裕的，也就只剩下了被疏远这一种。

于是，虽然并没有影响别人的生活，可是阿裕还是被打上"不合群"的标签，其余三人之间有意无意地形成了某种同盟，她们一起去逛街，一起去吃饭，一开始还会礼貌地告诉下阿裕，后来就完全无视阿裕了。当大家都在嘻嘻哈哈看韩剧，临到考试前才抱佛脚的时候，阿裕显得与众不同。只能说，在阿裕和室友之间仅算得上保持着微妙的客气，而实质上则仿佛成了两个世界的人，一个世界里充满着热闹，另一个世界里却只有阿裕一个人在打拼。

毕业之后，阿裕保研去了另一所985读硕博，继续在自己的学术道路上打拼，而室友们则纷纷找了工作，彼此之间再也没有了联系，仅剩下了逢年过节群发的问候。有次，我和阿裕聊天，问起她现在如何，她用了"得偿所愿"四个字。我并不知道，在清晨别人还在梦乡中的时候，阿裕一个人看着书，心里有没有过一闪念形单影只的感觉，可是她终究未曾改变过自己的生活态度。阿裕向来是个目标清晰的人，许是她一开始就明白，自己最想要的不是庸庸碌碌的合群，而是去一步步践行自己的规划。这一条路上，阿裕很难找到有共同话题的同行者，可是对于阿裕来说，她也并不怎么在乎。

孤独似乎成了我们生活中经常会遇到的一个问题。比起没有钱、单身，孤独是一件更令人悲伤的事情。每个人的内心深处，都渴望被他人理解，自己的观点可以被赞同和支持，有一个朋友能够不离不弃地支持自己。当自己遭遇了阻碍的时候，那个人能在身边鼓励着自己不要放弃。

可是能让我们不孤独的人，毕竟还是太少了。

而且我们经常可以看到，许多人因为害怕孤独的感受，就匆匆选择了盲目的流俗。例如一整群在一起玩的人都放弃了英语六级，你也会更容易地对这场考试不那么在乎。而如果你拒绝了出去一起玩，提出要在家复习的话，难免朋友们要觉得你在特立独行，反而来加倍地劝你。哪怕一开始，这个人有着一些很好的想法，但是当实践的时候，他们发现生活里的朋友们不能理解自己的坚持，于是纠结万分，还是选择了放弃。毕竟相比起拼搏这条路中的寒冷，这世界上也多的是浑浑噩噩的热闹。最终觉得大家都差不离，然后便满意了。

有人管这种叫作合群，其实又何尝不是一种自我放纵。

然而相反地，这世界上也有一种人，不论在自己奋斗的道路上是否有人同行，他们都始终会为了自己的目标而咬牙奋斗到底。比起简单到近乎轻而易举地被同化，坚持自己的目标显得难上加难。随时都可能会面临孤身一人的无措之感。夜幕降临，也不是没有感慨过无人可共享此路的困境。但是好在，他们都有着一颗坚定的内心，也有足够的胆量才承担无人共享带来的压力。

当我们选择自己人生道路的时候，不妨问问自己，究竟是想成为一个怎么样的人？单纯变成一个合群的人，真的是自己的选择吗？你的内心是否也有着一个需要你付出更多努力才能追到的梦想，是不是也并不甘心就这么错过一个强大自我的机会？

对于一个努力的、有追求的人来说，孤独又能怎么样呢？

千万不要因为追求合群，就轻易放弃了让自己去变得优秀的机会。

10
最好的友情，
是你不必等我

认识的一个阿姨，几年前离了婚。阿姨是一个很能干的人，非常有投资的眼光和头脑。30多岁的时候和前夫背井离乡来到了新的城市打拼，阿姨想要一个更具有挑战性的工作，遇到机会也不会放弃尝试。可是前夫却是一个安于现状的人，属于到了一个地方就不愿意再挪窝的那种，一直拿着当地非常低的基本工资。

阿姨总是鼓励前夫换一个工作来改善生活，可是前夫并不愿意，觉得之前那份工作安稳。而当阿姨拼命学英语，学新的各种概念和知识的时候，前夫一直维持着朝九晚五的生活，也没有什么社交圈子，而阿姨则逐渐有了自己的人脉网络。时间久了，前夫仍然和刚到这座城市的时候没有任何差别，而阿姨的工作却越来越好，工资也翻了好几番。

渐渐地，阿姨和前夫之间的争吵越来越多，彼此越发不能理解对方的想法，最终无可挽回地走到了离婚的地步。

我们经常说，两个人在一起最好的状态是共同成长。其实不仅是恋人之间，朋友之间也是如此。

前几天有个妹子给我发消息，说自己是今年的应届生。从小学开始，就习惯了不断地努力。到了大学的时候，也一直保持着这种拼命的学习状态，四年结束，由于成绩和能力都不错，所以早早就找到了一份相当不错的工作，论文也准备得颇有成果。可是身边的朋友却有许多人还在为了毕业论文冲刺，工作更没有一个妥当的着落。

妹子目前没有很多需要忙的，就每天学点英语，看看书。想出去找人吃饭或是玩耍，好友们都纷纷表示没空。她很不习惯这样的孤独，总觉得自己似乎错过了很多和别人同步的机会。虽然这么说可能会被有些人理解成一种炫耀，但是想想，这就像是以前的寒暑假，总有人一开始就做完了作业，可是想找人玩的时候却发现大家都在做题。自己感觉异常无聊和寂寞。

可是走在前面的人，总难免会有一些遗憾的。感到孤独，并不是因为走得快的错，你目前所得到的一切，全都来自于你的努力。从内心来说，走得快的人，也并不会容许自己荒唐度日。每个人的生活都是有自己的目标的，你是想要孤独而优秀，还是想要合群却平庸，全在于你自己的要求。没有必要去为了所谓的"合群"而刻意放慢自己的脚步，而是该在自己的频率上，找到和自己同样步速的人。

大概去年年底的时候，我爸有天去参加一个初中同学会，举办者是多年未见的一个初中同班同学。地点选得也很好，在上海环球金融中心上面的×××总会。这次聚会的菜色颇为豪华，最后20个人吃了近2万，全部由举办者一力承担。席间20多个许久未见的中年人相谈甚欢，聊起当年年少时候的故事也是兴奋异常。

等到快要散的时候，有人提议说："下次我们再聚吧，到时候大家轮流做东，不能老是×××一人买单。"

许多人应声说好好好，可是等到下一次，有人再在初中的微信群里面提议聚会的时候，响应的人却是寥寥。

后来还是聚了的，只不过一开始的 20 多号人，在第二次聚会的时候就不足 10 个人，而这些第二次来聚会的几个人都在自己的行业里发展得不错，生活颇为优渥的。此后这几个人倒是聚会不断，话题也早就跳出了初中时候的故事，而是自己这些年的发展，形成了新的关系网。

在我看来，这是一个很具有趣味性的故事。

经常会在中年人的同学会里面听到类似"xxx 发达啦，怎么不提携老同学啊"或是"看不起我们老同学了啊"之类的话语，充满着某种莫名的意味。当初都站在同一个起跑线上，多年以后却天壤之别，难免有人会内心涌起一股酸意。就例如我爸那个做东的同学，一顿 2 万的饭完全是在消费水准内，可是当初同一个班级的同学，也难免会有 2 千就是全家一个月饭钱的人。

有时候人们总是在感慨，学生时代的好友，等到了毕业之后就变了味。如果双方一直保持着差不多的工作进度，职位、工资都在差不多的水准，那么友谊大多还能继续保持下去。如果双方的各方面发展差得越来越远，那么很有可能在一段时间之后，彼此也就自动地疏远了。这其实并不是说明友情有多么的不堪一击。

　　学生时代的友情，喜欢同一个歌星，喜欢某一项运动，经常一起打打球聊聊班里八卦，两个人就能热络地打成一片。而无可否认的是，在关系好的小团体中，也并不存在差距特别大的个体。好学生和好学生总是在一起，中等生和中等生玩儿在一块。只不过等到毕业以后，这些当初不甚被注意的细节越发放大罢了。

　　学生时代再美好，那些故事在毕业之后也是会被复述完的，你们的人生那么长，难道就一直聊那几年发生的事情吗？如果两个人之间无法在一个发展层面上，面对面聊天也只有尴尬。较低的一方不能理解较高的一方在说些什么。勉强一方去迁就，或者勉强另一方硬是去理解，最后只不过使彼此之间的差距更为明显。

　　圈子最后并不是圈子里的人所刻意造成的，而是由某些东西在不知不觉中决定的。

　　每个人都想要好的爱人、优秀的朋友，但是拥有这些的第一步，是你要能够配得上所有这些美好的事物。哪怕有些东西是既成的现实已经无法改变了，也不要因为这样的理由就劝说自己随便放弃,不再前行。连努力都不曾有过的人,并不足以谈论人生。

　　我们无法要求某些人特意停下脚步来等我们,这对别人并不公平。唯一要做的就是自己不断追赶,直到领跑。

　　这世界上最好的友情,是你不必等我。

PART 2

That's not because of no good in the world but of your limited experience.

你若光明，
世界就不黑暗

10
你若光明，
世界就不黑暗

1.

回想学生时代，最不缺的就是女孩子的小团体。她们在一起可以没由来地讨厌一个人，可以同仇敌忾似的排挤一个人。可是过了许多年以后，你去问她们当初为什么要对另一个人做这种种，她们也说不上来，又或是羞愧地承认，自己只不过是因为压力太大，所以把欺负一个人当成发泄，从中获得某种乐趣。被欺负的，往往是那些成绩中等、沉默寡言的学生。

整个事件中最可怜的，就是那个莫名被当成攻击对象，用途只是为了证明其他几个人有共同友谊的女孩。而下文说的这个学妹，恰好就成了这么一个倒霉的牺牲品。

我大一的时候，认识了一个朋友的学妹，妹子当时高二，和朋友一样也是美术生，在朋友曾经学习过的画室里补课。妹子小小的个子，说起话来的声音甜甜的，嗲嗲的，因为爸妈工作忙，所以平时和奶奶生活在一起。妹子总喜欢和我聊一些自己生活中发生的事情，例如最近有没有男生对她表白，老师上课时候讲了什么新的笑话，跟着我后面姐姐姐姐地叫，显得特别亲。

有一天晚上11点多，寝室已经熄灯了，我还躺在床上玩手机，突然接到妹子的电话，接起来就听到她在电话那头不停地哭："姐姐我好害怕，姐姐她们为什么那么对我。"

细问之下才知道，原来画室下课晚，每次都要晚上近10点才下课，画室到妹子家有很长一段路，周围都是稻田。而妹子的妈妈怕妹子出事，就和其他几个女生的家长商量一起包了一辆出租车，每次下课后由司机把她们分别送回家里，费用按照路程来分担。同行的其他几个女生关系都很好，但是和妹子不熟，就下意识地在画室里孤立她。那天不知道那群领头人物哪里不爽想要耍妹子，偷偷对司机说妹子有人来接，就和自己的朋友们一起提前走了。

妹子下课以后，在教室外等了半个小时，都没有等到司机。她忙给司机打电话，司机却说被告知不用接她，自己已经下班回家了，让妹子重新再叫辆车。妹子在寒风中的路边孤零零地等了一个多小时，才拦到了一辆愿意搭载的出租车。回到家以后，妹子怕奶奶担心，只告诉奶奶自己练画画练得晚了，所以才晚到家。等进了自己的房间，妹子才忍不住哭了起来。

我无力用别的语言安慰她，也不能代她去狠狠教育那群作弄妹子的人一通。我只能反复地苍白地说着"平安到家就好，平安到家就好"这样没用的话。让她和老师告状，妹子却问我说："姐姐，要是她们更加厉害地欺负我，我该怎么办呢？"我却没有办法回答她的问题，只能反复叮嘱她一定不要被牵扯过多精力，以后多长个心眼，如果有人代替她和司机联系一定要司机和她确认，等等。往后的一段时间我对她异常关心，生怕她再遇到类似的情况。

好在最后妹子的妈妈决定每天开车接送她，这样的故事再也没有发生过。我不知道那一个晚上改变了妹子多少，但是它确确实实地让我想过，当我们遇到别人被欺负的时候，我们又能做多少。

2.

校园里的欺凌从来没有真切的缘故，也无从得到妥善的解决。每一段时光，班级里都会有一个人，是被用来发泄全班的嘲笑的。那个人成绩不好，不会社交，体育不行，长得不好看。脾气稍好点的人也不会理睬他，恶劣的人则去作弄他。毕业以后，这类人最快被班级里的其他人遗忘，从不会出现在班级聚会里。这样的人，不配参与共同的欢笑，亦不配享有班级的快乐，除了承受别人多余的愤怒，一无所得。

同学阿莫读高中的时候，学校里有个男孩子A，只有一个母亲，在社会底层的温饱线上苦苦挣扎着。A的智力似乎有点缺陷。十六七岁的年纪，身高还不到一米六，浑身瘦得没有一两多余的肉，每天穿着一件脏兮兮的校服在学校里上课，成绩自然是毫无意外的垫底。阿莫当时所在的高中两极分化非常严重，有学霸也有小混混。阿莫两者都不是，就是一个普普通通的学生，成绩算是不错，可是别的方面都处于中游，算是非常平庸的人物。

小混混们喜欢在厕所殴打A，有时候他们不仅自己殴打A，还会强迫别人也一起参与，如果对方拒绝，小混混们就举起拳头威胁对方是不是看不起他们。大多数人遇到这群人的时候大多选择绕道走，从来不去小混混们平时殴打 A 的那个厕所，生怕被找麻烦。实在倒霉撞在他们手里的时候，也大多在殴打 A 和自己被殴打中选择了前者。小混混们每天都想尽办法来折磨他，有时候是用皮带抽，也在大冬天的时候剥光过 A 的衣服让他去学校操场上跑步，据说最过分的，是强迫 A 吃屎。

老师们并不是不知道这个情况，可是一是 A 平时实在不惹人注意，二是小混混们也实在太嚣张，根本不听从老师的管教。久而久之，秉着只要不把人打死的原则，老师也就对这事睁一只眼闭一只眼了。

阿莫只是听过 A 的名字，在学校里见过 A 几次，也对这群人反感，平时和别人一样，尽量选择能避开则避开。可是有时候总是会有不巧的事情发生，有天阿莫急着跑进了男厕所，也没注意到是哪个，正巧遇上了这群人在折磨 A。阿莫哀叹了一声，想要转身离开，可看到 A 一脸的瘀青，带着求助的表情看向他的时候，突然觉得于心不忍，于是走上前大喊了一声不要打了。小混混们根本没有把阿莫当回事，依旧用力狠狠踢着 A。

阿莫冲上去拉住了混混头子的胳膊，一下子把混混头子给带倒在了地上。混混头子怒了,啪的一个耳光甩在了阿莫的脸上,问阿莫是什么意思,阿莫不说话,拼命冲着A使眼色,让A快跑,也不知道A看懂了没有,一群混混们就走上来团团围住了阿莫。其中一个人高马大的一脚踢在了阿莫身上,把他一下子踹到了地上。混混头子怒了,一把拽起阿莫的衣领,给了他好几个耳光,嘴里骂骂咧咧地嘲笑阿莫这熊样还想逗英雄。阿莫用力挣脱开来想要反抗,可惜双拳难敌四手,他刚挣开了一些,两只手就被两个小混混给紧紧箍住,剩下几个人浑然把阿莫当成了人肉沙包,对他好一阵拳打脚踢。

也不知道被打了多久,突然听到了一声"住手",几个年轻力壮的男老师和男生急急忙忙跑过来了把小混混拉开,两个男生上前扶住了阿莫,男老师则押着小混混们去了教导处。

后来听那天在场的同学说,是A浑身发抖地跑进了自己班里,不由分说地拉着一个高大的男同学的手就要把他往厕所的方向带,男同学怎么也挣脱不了A拽得紧紧的双手,就只好尝试着问他发生了什么事情,A哭得说不出话,也不解释就拉着男生走,其余的人看了惊奇,好事的人跑去告诉了班主任,正好办公室里也有几个老师下了课在休息,听到平时懦弱不堪的A如此反常的举动,好奇地一起跟来,才在厕所里看到了阿莫被殴打的一幕。

阿莫并不是A，学校无法对他被打得那么重而视若无睹。几个打得最凶的人被开除出了学校，剩下几个被罚了留校察看。阿莫的伤养了一个月才渐渐痊愈，其间A来找过他好几次，用很怯弱的声音向阿莫表达了谢意。

有和阿莫关系好的男生问阿莫，怎么会当时一时冲动上去救了A。

阿莫想了想，说大概是因为看到了A的眼睛，突然就一时热血了吧。毕竟A也是一个活生生的人，哪有在自己面前被人打成这样，自己还无动于衷的道理。当时想着，虽然不能次次都救A，不过至少这次也要尽力。

"真是傻子。"朋友评价阿莫。

"人心都是肉长的嘛。"阿莫笑了笑。

3.

有次朋友和我聊天，给我说了他上学时候某班的一个男生。

说起来，朋友对此人的此前的唯一印象，就是一个瘦削的身影，以及在大冬天的时候仍只穿着夏季的短袖T恤在操场做操的故事。他也是朋友那届一个"出名"的角色，因为似乎没有人喜欢他，同学以嘲笑他为乐趣，老师也觉得他怪异。有人会公然嘲讽这个男生的蠢，他们往他的书包里倒饮料，弄湿了他所有的课本，会假装不经意地把用过的纸巾扔进男生还未食用的饭菜。行为恶劣得超乎想象，偏偏恶作剧的人还扬扬自得。

朋友曾经和这个男生一起上过兴趣课，对他也还算友善，可因为不是一个班，平时朋友也不会跟他有什么联系。再说了，朋友当时也有自己的社交圈子，对于本就不是一个班的那位男生，也没存着多接触的打算。就一直到了高中毕业，朋友始终和他维持着普通的点头之交的关系。

毕业后，这个男生选择了出国。他来问朋友能否去机场送他，而朋友那时在外地上学，最终未能成行。我好奇地问了朋友，那男生和他从来没有同班过，为什么会找朋友去送他？朋友冲我笑笑，对我说："大概我是那时候唯一一个愿意和他说话的人吧。"

然后我看着他，两个人再也没有说话。

对于朋友而言，他从未想过要别人感激他。他一向以为，自己做的事情是"本来就该做的"，无论对方是备受欢迎的，还是被群体冷落的，都不会影响他自己对待对方的态度。可是当欺凌成为常态的时候，平等就成了最难能可贵的一个优点。

我们为什么会选择听一个人絮絮叨叨地倾诉自己被欺负的故事？为什么会去选择帮助一个大家都无视的人？并不是为了要显得特立独行，也不是要标榜自己是多么的善良纯洁。趋利避害是人类的天性，生怕自己也被牵扯到是非中则是一件再正常不过的事情，没有人可以指责对方的懦弱是不够高尚。

虽然从根本来说，除非自己变得更强硬，让别人知道你并不好欺负，不然一切反抗都是徒劳。可是，如果在独自努力的时候，有一个人愿意陪你说说话，告诉你不必在意那许多，那么悲惨的学生生涯，也会稍微有点光彩吧。选择去帮助别人，大多数情况下也无非是觉得在自己这么多年所受到的教育中，内心也意识到这种恶作剧是多么的不堪，因而不希望自己也流于这种践踏他人的乐趣，至少，在塑造善恶观的时候，还要给自己留一点良知。

4.

韩国的电影《熔炉》里面，介绍了一位哑语美术老师为了养活自己身患哮喘的女儿，来到了一所位于雾津的聋哑人慈善学校，意外发现了学生总是表现得不安闪躲，一个学生的弟弟自杀身亡，而他总是满脸淤青。男主角在下课后还听到了女厕所有呼喊和哭泣声，一开始并未深究。后来意外发现了学校的校长行贿警察，教导员毒打学生，宿舍督导溺罚学生。男主一步步开始调查，发现了学校中存在的性侵学生案件。最后，老师带领学生告上了法庭，丢了工作，法院却判处作恶者缓期执行并可被判假释。

在许多人眼里，《熔炉》里面的老师做那样的事不异于拿鸡蛋与墙对抗，有的人或许会嘲笑男主，你看你失去了那么多东西，还不是一样没有结果。

在我们的生活里，却有很多人会选择去做这些没有结果的事情。当越来越多的人被结果导向所迷惑的时候，仍然有人坚持着自己内心的良知，是一件极为不易的事情。当很多时候，明知道某件事的结果并不一定会公正公平，甚至自己要为了去获得这份渺茫的公正公平而付出很多的时候，也依旧有人愿意继续坚持。

这世上很多事，难道因为不一定有结果，我们就可以不去做了吗？当大多数人选择沉默的时候，越是需要有人愿意发声，替受害者出来说话。正是这些不肯放弃的善良，才构筑成了人性。而我们的社会，也因为他们的坚持而让人为之奋斗。

我们的社会并不需要那些不分是非，只知道在网上替人掬一把同情泪的"圣母"，而是需要真正的良知。我们不需要那些为穷凶极恶的歹徒辩护的人，我们需要的是为了可怜的受害者发声的人。这种良知应当存在于我们的日常里，哪怕你能力有限，也可以尝试着在保护自己的前提之下给予对方一些帮助。这世上没有会被称为微不足道的善意，你付出的每一分善意，都应当被尊重和鼓励。

如果说，要去做一束很大的光来照亮世界上每个不光明的角落，对于我们来说，实在是太难了。但是你也可以帮助一个人，哪怕只有一句鼓励的话，一颗糖果。并不求别人说的"谢谢"，就当只是为了在这个纷繁复杂的社会，自己不辜负人性中的那点美好。

"你若光明，世界就不黑暗。"

!○
尊重别人与自身的不同，
比什么都重要

1.

读高中的时候，学校被一堆错综复杂的小弄堂包围着，弄堂里住着许多这个城市的原住民，夏天放学的时候经常可以看到校门口的小卖部、杂货店的柜台后面有一个典型的中年阿姨形象。不知道为什么，那几条街的阿姨们都特别喜欢同一种类的发型，她们的头发被染成红或黄，高高地堆在了头顶，有人还用劣质摩丝把头发丝弄得硬邦邦的，尝试做出花朵或者别的图案。阿姨的脸上也有着共同的特征，大多文过眉毛，细细的，特别弯，眉峰极高，随着时间的过去，眉毛上原本的染料褪色了,显出了一种怪异的青色。

文眉在爱美的中老年人士中的流行程度,打个比方,就像现在很多女孩子喜欢的韩式半永久眉毛和种睫毛。

弄堂阿姨们穿着长长的、色泽亮丽的、没有腰身的睡袍。玫红或者明黄色,上面会有一朵朵艳丽盛开的大花,她们坐在椅子上,无精打采地看着屏幕里的电视剧,冷漠地给我们找零,也有书报亭里的阿姨,会告诉我新杂志到货的日期。5点以后就打八折的面包房里面也能看到这些阿姨的身影,排着队,认真而又精明地挑着柜台里还剩下的甜面包。

她们就像这座城市里一道诡异的风景线,明亮却带着衰败的气息,努力着尝试年轻化,却显得无比笨拙。和市中心的城市年轻白领相比,弄堂阿姨们身上带着的落伍感,让人也不免有些莫名的同情。

可是,同情归同情,如果你问我,你喜欢这些阿姨的打扮吗?

我不喜欢。哪怕再给我几十年,我也会觉得那些阿姨的装扮俗气得很。

然而,就算给我随意骂人的权利,我也不会对那些阿姨说:你们的打扮真是蠢哭了。

2.

朋友有次给我发截图,说是让我看一场因为自拍引发的骂战。

自拍照片的主角是朋友一个大学同学,姑娘,皮肤比较黑,脸上带着两坨明显的高原红。可是这妹子在自拍里画了一个亮色系的妆容,又浓又黑的眼线,亮闪闪粉色的眼影,桃色的腮红,还有阿宝色的唇膏。不是讨论美丑的问题,而是这样的妆容非常不适合她,完全暴露了肤色肤质上的缺点,还有种莫名的土气。

朋友给我截来了妹子朋友圈自拍照下面的评论,大多数人都比较委婉地建议她换一个妆容试试看。可是也有人言辞之间很不客气,直接评论说大概那个妹子的父母从小没给过妹子教育,所以才造成她丑人多作怪的模样。

妹子无法忍受,在朋友圈回击对方,一来二去就吵了起来,对方说妹子"根本连什么是美都不知道,简直一点审美都没有,放出来是侮辱大家的眼睛"。妹子回击说"这是自己的脸,她想怎么画就怎么画,别人根本管不着"。等到朋友截图给我看的时候,这两个人已经你来我往地对骂了十几条了。评论者言辞犀利地嘲笑了妹子的审美,妹子也毫不客气地用"我的朋友圈我做主"来回击对方。

说真的,妹子的打扮虽然不好看,但是出言攻击她的家人,实在是有些过分。不管那个评论者的审美处于一个多么高的水准,也完全可以用更好的方式来表达自己的看法。辱骂和嘲笑从来不是沟通中会被人选择的第一方式。如果说妹子是审美差,那么评论者足可以被称为情商低。

3.

微博上前不久发生了一场骂战,大致就是一个Po主在地铁站看到了两个妹子蹲着在等地铁,于是就发了一条言辞犀利的微博,大意是说现在的小姑娘怎么如此没有教养,在大庭广众之下随随便便就下蹲,姿势难看,而且一看就没有素质等。配图是这两个姑娘在地铁站蹲着的背影图。

Po主这样的行为并没有如他所料地招来赞同,相反却是引来了大堆的质疑和指责。Po主高高在上的口吻首先就令人不舒服,其次随意拍照并发上网,也不见得是一件很尊重人的行为。妹子在公众场合,由于疲惫等原因蹲着休息一会儿,最多是自己的仪态不好,并没有什么不文明的举止,影响到了公共交通的运行,或者对整个社会文明的环境带来了不良的影响，何以谈到没有教养。相反，Po主不经他人同意，就偷拍妹子并上网指责，也并没有显出他所追捧的"教养"两个字。

由于地域不同的原因，每个地方来的人都会有着一些生活习惯上的差别。当这个差别并非不文明举止的时候，并不应当被拿出来嘲讽和指责。例如北方喜欢面食，南方爱吃米饭，可是南方的小伙伴就能因此嘲讽面食登不上大雅之堂？也同样地，如果A的家乡习惯于用勺子吃西瓜，B的家乡喜欢切块食用，那么站在A的角度，就能以为用勺子吃西瓜更高贵优雅吗？

不以自己的生活态度和生活习惯来作为对别人举止的标准和要求，算是一个人至少应该熟悉的礼仪之一。一个人所赞同的、习惯的某种生活方式，仅仅属于这一个人。这世上没有谁比谁重要，以至于到了把自己当标杆立起来的地步。

4.
最后，举一个颇算是雷区的例子。当这个热闹的事件终于过去的时候，不如心平气和地来谈论一下猴年春节时候的"六小龄童春晚事件"，起因是某谣言说六小龄童和某天王在春晚上的节目被毙，引发了一片舆论哗然，而之后央视出来澄清，表示节目不是被毙，而是春晚根本没有邀请六小龄童，更是将一大批人对春晚一直以来的吐槽和积怨上升到了顶峰。在此事件中，印象最深刻的是有大批的人在春晚导演吕逸涛的微博下进行谩骂。如果说这样还能勉强理解为大家希望能在春晚上看到属于自己的"童年情怀"的话，那么有些人在网上晒出当众焚烧吕逸涛的照片、对他点蜡烛诅咒他去世，甚至威胁说要砍死他的行为，实在是没有办法令人赞同。吕导的艺术品位暂且不论，本次春晚的无趣已经可见一斑。但是在这个事件中，我们可以看到的是一种所谓"群众的审美"与"群众的愤怒"。

和广东的同学讨论起这个事的时候，她表示小时候很少看"86版"的西游记，由于方言文化的差异，她们那边倒是一直在播放着张卫健演的那个版本，可见一些人的情怀也并不见得是所有人的情怀。

当时大批的人在央视各个频道下面无脑地刷着要六小龄童上春晚，在央视新闻关于"寻找失踪儿童"的微博下也有大批的此类言论。可平心而论，我并不认为六小龄童上不上春晚会比帮助被拐的孩子回家更重要。同样地，关于此事，也有一些账号呼吁大家理智看待，不要进行无休止的刷屏，均被大骂"你们这些人就是想表现得与众不同，借机博眼球"。

知乎上罗冈极的回答令我非常赞同：六小龄童的表演的确很好，可是他并不是唯一的那一个。甚至六小龄童扮演的，只是他理解的孙悟空，与书中描述的孙悟空形象并不一致。六小龄童先生也多次在公众场合批判别的文艺作品对于西游记的改编，认为自身才是孙悟空的代言人，这种观点就令人不太赞同了。

而在春晚舞台上，最终也是呈现了一个有关于齐天大圣的戏曲节目，其中有一些营销账号截图了里面扮演齐天大圣的京剧演员，称之为垃圾，大呼要看六小龄童。可是，什么时候说过只有绍剧中的孙悟空才是真正的孙悟空，京剧中的孙悟空就不是孙悟空了呢？章先生版本的齐天大圣固然是一种情怀，体现了童年。可是难道周星驰版本的孙悟空就不是情怀了吗？一个是童年记忆，另一个是成长和爱情，我们既可以喜欢其中一个，也可以两者都喜爱。但是不论是因为自己喜欢周星驰而去攻击六小龄童的粉丝，或者因为支持六小龄童而去攻击喜欢周星驰的表演的观众，都是不恰当的事情。

一边有人叫骂着韩流明星的脑残粉，另一边却做着差不多的事情，甚至更失去理智，从本质上来说，在强迫别人也接受自己的情怀和审美的这一点上，双方并没有什么明显的不同。

5.

不论是审美、情怀、吃饭的口味、生活习惯，还是一些观点，其实从本质上来说都是一件非常私人的事情。每个时代有每个时代的审美，不同的年龄段，不同的成长背景、经历、教育、眼界都会影响着一个人对于事物的看法。你可以觉得一个人丑，看了一眼就觉得要亮瞎了，可是不代表你就可以随意问候对方全家，用自己的审美来要求别人和你一致。

我们必须要坦然接受别人和自身的不同，不喜欢没有关系，但是侮辱，甚至通过攻击来要求别人不能继续保留自己的想法，就是一件可恶的事情了。今日有人这样做的原因，无非是觉得自己站在了多数派，便以为能随便用自己的观点来改变对方，而他们从没有想过，当有一天自己成为少数派的时候，如果也遭逢一样的待遇，会变得怎么样。

你喜欢一样东西，或者喜欢一个人，你大可以用你自己的方式随意地去喜欢。可是你没有必要要求别人和你一样也喜欢那样事物或者那个人。甚至有些东西对你来说很珍贵，在记忆里是不容侵犯的,可你也要明白,这并不代表这个东西真的完美无缺。因为自己的热爱和尊重,而强迫别人也要和自己一样去喜爱及尊重,这本身就是一种对别人不尊重的行为。

至少,在此类事件上,可以引用那句著名的"我虽然不认同你的想法,但是我誓死捍卫你说话的权利"。

我们总是希望别人来尊重我们的想法,可是在此之前,学会尊重别人与我们的不同,比什么都重要。

○

不以己度人，
大概就是最大的慈悲了

姐姐分手了，过年时候来家里做客的亲戚问起她怎么这次恋爱谈着谈着又没有了下文，她只好尴尬地笑着说性格不合适，然后转身回了自己的房间。在关门的刹那似乎听到了亲戚的议论，"小姑娘年纪也不小了，不要太挑"。她关上门闭上眼睛，眼前浮现的却是母亲尴尬的笑容。

姐姐毕业数年，相亲无数次，却一直没有觅得如意郎君，亲戚都说她是眼光高，而她所要的，不过是一个良人与她谈天说地罢了。她唯一不想要的，就是随着年纪见长而勉强一生。

男朋友说好要来她家上门的，母亲高兴得不行，心想宝贝女儿这次总该有了着落，忙前忙后准备了一周，搜罗了小城各种好吃的食材，连一根菜一块肉，都要挑最好的店家，选那些品貌端正的来买，海货早早开始准备泡发，菜谱反复修改。结果到了原定上门的前一天晚上，男友给姐姐发了一条短信："对不起，我明天不能来了。我家里说太仓促，以后吧。"

姐姐拿着手机就愣住了，连忙回拨，却始终没有人接听。不知道该怎么向母亲说，母亲准备了那么久，男友说不来就不来了，连个解释都没有，姐姐也不知道该如何去面对母亲那即将到来的巨大失落。走出房门，看到母亲还在做着打扫，换上清洗干净的窗帘，一回头看到女儿，母亲还打趣她说："明天男朋友来我们家，你那么激动啊？"

"妈……他不来了。"姐姐脸色煞白，鼓足勇气才憋出这么一句话。

"你说什么？"母亲没听清。

"他说他不来了。"姐姐重复了一遍，然后跑回了自己房间，她关上了房门，拿出手机发了三个字给对方："分手吧。"

对方回了两个字："好吧。"

过了很久之后，姐姐在旁人那里听闻是男方的家人不喜欢她，而因此导致了那次上门拜访的泡汤。但是对于姐姐来说，具体理由是什么已经不重要了，重要的是男友已经触及了她的底线，他的行为伤害了她最重要的家人，而剩下的任何解释，都不过是画蛇添足。

亲戚们并不知道这个曲折的故事，他们知道的只是姐姐多年来的相亲不成，年近三十嫁不出去，便想当然地给她扣上了一个难搞、眼光高的帽子。此次那个"各方面条件不错"的男友的告吹，大概又会被拿回去添油加醋，炒成一盆街知巷闻的好菜，作为众位妹妹的反面例子吧。

朋友A对于村上春树向来敬而远之，每每有人提及或者对村上春树敬畏若神，她都一脸无谓，坐在旁边发呆。曾以为她只是不喜欢村上春树那些文字，觉得矫揉造作，后来才发现事实并非如此。

说来可笑，那年暑假她穷极无聊，就找出一本《挪威的森林》来看，刚看到绿子的那部分，便收到了朋友发来的"我看到你男友和别的女生在卿卿我我"。后来她与男友大吵分手，那本《挪威的森林》也被束之高阁。问起她，她说总觉得那本书很倒霉似的，满是不快的回忆，连带着也讨厌起了村上。

我们笑话她迷信执念，她也不争辩，还是不肯看那个作者写的东西，说是总会想到不愉快的东西。有人说她是个怪人，在书店里买书，总要在《挪威的森林》前站一会儿，也不买，也不拿下来翻看，脸上带着莫测的表情。许是她还没有忘记那个劈腿的前男友，又或许那段痛苦的时光早就渗透于她的血液骨骼之中，但是这些情绪，也只有她知道。

经常会看到身边人有着一些奇怪的癖好，例如专一于某样食物，或者对某种食物厌恶至极。例如S小姐很是热爱吃那种坚硬的长棍面包，对其他的面包也不怎么喜欢，只因为小时候她跟着父亲去接母亲下班，母亲经常会买来一截面包给她吃，后来母亲早逝，她只能在面包中怀念小时候与母亲一起度过的时候。

而Q小姐厌恶海带，则是因为她小时候总是在学校寄宿，学校有个小食堂，专供住宿生的饭菜。阿姨很喜欢做清炒海带丝，手艺又不太好，久而久之，Q小姐对海带便感到深恶痛绝。其实，除了讨厌海带，更多的是因为吃海带的日子，于她而言，更是见不到父母，只能一个人孤零零在学校的日子。比起海带的难吃，大概别人也不知道，她真正恐惧的，是孤独的感觉。

曾经写下过的每一段话的背后总有着不同的故事，也有着自己当时的心境与想法。很多东西可能由于种种原因所限制，只能写得不尽不实。有时候看朋友写的一些文字，乍也觉得虽然言之无物，实际上底下却翻滚着种种情绪。而这些情绪从何而来，我们却往往不知道。

我们的许多行为，我们的许多选择，可能本身就是一个又一个故事所导致的结果。说与人听，徒增解释，想想也觉得没有必要。

今天早上和母上大人说起楼上的一对拉拉，纵使开明如母上大人，也觉得同性恋是一种"不正常"的行为，我与她争辩但是始终被她反驳，在他们这辈人，甚至许多同龄人的心里，同性恋始终是大逆不道的。母上大人对我说，我们要尊重她们，但是我希望你还是离她们远一些。

记得曾经有和一个关系很好的 T 聊天，听她说她是如何发现自己的取向与别人不同的。在成长的这些年里经历的痛苦与挣扎，对于自我的怀疑，对于父母的愧疚，每刻都在折磨着他们，比起同龄的所谓正常人来说有过之而无不及。事实上，许多人只能看到他们的离经叛道，甚至一些腐女，萌 BL（BOY'S LOVE），GL（GIRL'S LOVE）的人，也并不知道他们那些外表下的，真正来自于自己所处的社会和家庭的压力。取向并不是自己可以选择的，也并不能被拿来当作被我们所理解的潮流标签，它背后代表着许多的无奈，而这些无奈，我们并不知道。追捧或者责骂，都是不公平的，甚至对于这个群体，也都是一种伤害。

之前看了《等风来》，王灿和陈羽蒙互相看不顺眼，一个觉得对方是纨绔子弟花花公子富二代，死了活该。另一个觉得对方是个矫情作家小资女。但是王灿喝醉了的那次给我印象特别深刻，他说他爸为了陪那些官员天天喝得烂醉如泥一身的病，回到家抱着吊灯不肯爬下来。突然想到了一句话，你看虚竹被骗着吃肉，娶了西夏公主当了驸马，你就觉得人家是快活的，殊不知他的一生梦想，不过是伴着青灯孤影，去当他的小和尚。

有许多事情是属于你自己的，你的选择，你的偏爱，你的厌恶，还有你的恐惧。你做出的每件事，都有你自己的理由，或许别人不知道，大概也是他们不懂你的故事，而你又不愿意说。

别人不会知道你如何成了今天的你，你也不知道他们如何成了今天的他们。

　　但凡所行不是恶事，那需要体谅的是，他人的一些选择，可能也有他人的道理。不妄揣测，不以恶意看人，去站在他人的角度思考、理解，虽然你并不一定认可，但是起码，去试着将心比心。

　　被他人误解，不过是因为他们并不知道自己是怎么样的人，而这也因此提醒我们，别去轻易地给任何一个人下定义，以自己的标准来衡量对方的行为。

　　我们抱怨他们不知道的时候，可能我们，也未曾学会怎么知道。

　　不以己度人，大概就是最大的慈悲了。

!0
这不叫关心，
这叫强行输出三观

2016年春节刚刚落幕，众人又开始了回去上班工作的节奏。刚经历了一场亲戚间的洗礼，除了感受到有些亲戚的确让你如沐春风之外，也有许许多多的吐槽，让人感受到了什么是无语凝噎。如果说八卦你的收入、对象和家庭，问你生没生孩子，打算生几个孩子，或许有那么一丝关心的成分的话，那么强行输出的价值观，就是一件很可怕的事情了。

在2015年，身边很多朋友都陆陆续续结了婚，经常有刷着刷着朋友圈就会发出"我去！这个人领证了！""我去！这个人也领证了！"的感慨。自从大三的时候，班里有个同学一马当先地当上了人生赢家之后，早婚似乎成了身边有稳定对象同学的主流。

小妞问我说：结婚是一种什么样的感觉？

说真的，我很难描述出来具体是怎样的，大概除了彼此的牵绊之外，最明显的就是这些年来的逢年过节的聚餐，叔叔阿姨们一脸暧昧的表情下的问题，从"你有没有男朋友啊？"到了"你打算什么时候结婚啊？"再到如今的那句："你们打算什么时候生孩子啊？"其实从被询问人的角度来说，是一件非常困扰的事情。你会发现，在这种对话中，对方的逻辑直接简化成了谈恋爱是为了结婚，结婚是为了生孩子。人类繁衍的重任就靠你们小夫妻了，如果不生孩子，就是十恶不赦，家里十几双眼睛都要盯着你，恨不得替你把验孕棒盯出两条杠来。

嗨，我生不生孩子，我都还没急呢，关您什么事呀。

小妞和男朋友正在筹备婚事，家里有个姐姐刚生了个儿子，本来以为今年过年的时候回到家会被当成亲戚们开火的主力军，没想到大家都纷纷盯着姐姐在问打算什么时候生二胎。姐姐有点尴尬地表示并不想生第二个，目前没有这个打算也没有这个精力。听到姐姐的话，亲戚们就首先不乐意了。

"哎呀，小王啊，不是我说你，你这种想法是不对的。两个孩子多好，家里热闹。"某个阿姨说。

"阿姨，我们真的没有这个打算，我和我老公都觉得一个孩子够了。"姐姐说。

"这就是你们小夫妻的不对了，阿姨跟你说哦，两个小孩可以互相帮助，慢点长大了也能互相扶持。"另一个阿姨接口。一脸浑然忘记了她去年和自己家的兄弟为了父母留下的房子大撕一场，至今不相往来的事。

姐姐无言以对，只好借口说宝宝肚子饿了要去喂奶，从充满硝烟的战场上果断撤离。

小妞看着姐姐溜走，马上打算跟着去，结果被一个亲戚一把拉住，苦口婆心地教导她不要跟自己姐姐学，脑袋瓜不开窍，以后一定要多生。

小妞笑得一脸尴尬，不知道该接什么话。

前不久收到一个匿名的吐槽，妹子今年24岁，南方人，与我同年。本科毕业之后，在魔都找了一份收入不错的工作。谈了一个家境挺好的男朋友，男方家里打算出资付首付，替儿子买套房，让小情侣尽快完婚。女孩子的家境一般，去年刚买了一套新房子，父母付完了首付之后手头有点紧，她还贴补了不少自己的工资供父母装修。本来事情都朝着顺利的方向发展，没想到过年之前，她正准备买票回家，突然接到了自己父亲的电话。

"宝宝，爸爸有件事跟你说。"妹子的爸爸有点支支吾吾。

"爸，什么事啊？对了，我已经买好车票了，4号就能回来。"妹子心情很不错。

"你妈，她怀孕了，我们托了人，查下来是个男孩。"妹子的爸爸在电话那头艰难开口。

"所以呢？"妹子有点气急，声音都有点颤抖。

"你也知道，去年你二叔家也给你生了个堂弟，家里亲戚的意思是，反正你也大了，也打算留在上海工作了，让我们也生一个，还能养在身边伴伴老。"妹子的爸爸解释道。

妹子一下绷不住，眼泪就掉了下来，带着哭腔问她爸："生下来生下来，生下来谁来带？你们今年都快50岁了，我妈身体又不好，那些亲戚只知道自己嘴上说着爽，有没有想过别人？你们这样子以后怎么办？到60多岁的时候还在带着一个刚刚上初中的孩子,你们想过自己的身体吗?我工作又忙,谁来照顾你们?说到底还是嫌弃我是个女儿,不能传宗接代,这些年来我到底算是什么,是一只猫一只狗吗,还是在你们的眼里,我只不过是以后替你们养儿子的一个工具人?"

妹子气得当场挂了电话,也退订了回家过年的火车票,在上海愣是过了一个冷冷清清的年。其间父亲给她打电话,反复地想要劝她接受这件事,看到她难过的样子,父母也觉得心疼不已,开始后悔起来当初听了亲戚们的挑唆。当时并不是没有和女儿商量的打算,可是耐不住有些亲戚们反复说,"这种事情无须知会,难道女儿还会不同意",才一时冲动等木已成舟了才让女儿知晓。

说实话,父母要生孩子,是身为父母的权利。身为儿女,我们没有办法强行阻止,但是当儿女已经成年担任起家庭生活开销的主力,而父母经济状况不足以来单独抚养这个新生儿的时候,父母至少应该先让孩子知晓此事,这是对于儿女的尊重。而在这个事件中,最让人觉得头疼的,便是那些上蹿下跳的,毫不担忧自己会对别人造成什么困扰,以自己嘴炮为乐趣的所谓亲戚们。

我以前有一个同事是潮汕人，有次她突然请了几天长假回家，等到回来以后我和她一起吃中饭。也是随口问她，是不是潮汕那边大多是家里都有好几个小孩。

她说是的，她也有一个弟弟，这次回去就是因为弟弟的忌日。

"对不起哦，问到了不该问的了。"我对她说。

"没事"，她冲我笑笑，然后跟我说起了家里的事。

同事的弟弟比她小3岁，在出生之后没多久就不幸突然发高烧，影响了智力。为了治疗好他，全家跑了很多家医院都没有办法。祸不单行，弟弟又被查出了一种罕见的病症，会影响身体的发育，预计活不过12岁。同事的父母很难以接受这个事实，可还是打起了精神决定好好照料这个儿子。弟弟和同事当时都年纪尚幼，家里的老人身体又不好，同事的妈妈咬咬牙辞了职，在家里全身心照顾病弱的小儿子。由于只有同事爸爸一个人在工作，家里的经济一度非常紧张，儿子的治疗费用高，不得已在外面借了不少债。

后来同事年岁渐长，每年过年的时候都会听到一些亲戚在父母面前议论，让他们再生一个儿子。同事的父母不肯，解释说既然已经生下来了，就要好好照顾他，不能因为他身体有病就弃之不顾。这样对弟弟不公平，对同事也一样不公平。

亲戚说他们一家傻，两个正常人围着一个不知道能活多久的傻儿子不肯撒手，女儿又不能传宗接代，还不如趁年轻的时候早点生一个，至少以后还可以防老。

同事的父母拒绝了。

幸好，同事的父亲也是一个能干的人，渐渐也挣了钱，还清了债务，改善了家里的条件。在同事和同事母亲的精心照顾下，弟弟虽然虚弱，却一直很坚强地活过了医生预估的年纪，可是每年过年的时候，那些来家里的亲戚还是会不停念叨说着让同事的父母继续生，同事的弟弟虽然智力上发育不足，可还是能感受到那些议论，有次悄悄地拉住姐姐，含混不清地问姐姐说，是不是爸爸妈妈要抛下他了？

同事心里难受，还是笑着摸着弟弟的头说："怎么会呢？全家人最喜欢的就是你了。"

在弟弟17岁那年，疾病的并发症发作，医治无效离开了人世，临走前拉着姐姐的手，很难过地对姐姐说别不要他，同事号啕大哭，心里恨死了那些在父母面前嚼舌根的亲戚。从此以后的每年过年，她都拒绝和这些人一起吃饭，父母虽然为难，但也理解她的感受，于是就听之任之了。

可是当他们一脸表情凝重的样子，告诉你女人25岁不结婚就老了，男人就是要管头管脚才能抓得住，生女儿不如生儿子，孩子一个不如两个好，还要强迫你认同他们的观念，最好按照他们的说法再去做的时候，他们不是在关心你，他们只是想让你接受他们的观念，以自己的行为作为准则，企图劝服你按照他们的生活模式生活。

有个28岁很有能力的姑娘，每年年收入大概有20多万，家里有两套房，自己平时开着一辆丰田。有次她妈妈接到一个老朋友的电话，问姑娘有没有男朋友。姑娘的妈妈说已经有了，男方家里条件还可以，自己也挺能干，工资和姑娘差不多。

对方问男方在哪里工作，姑娘妈妈说是在一家外企。

那个所谓的老朋友说："哎呀这种外企工作的怎么靠谱，我这里有个男孩子，国企工作的，金饭碗，人又老实很节约，平时肯定不会出去玩，慢点你女儿可以把他管得死死的。"

姑娘的母亲拒绝了。对方却还要接着游说，反复强调了老实、节约、不出去玩这几个要点。后来姑娘的母亲不胜其扰，就借口有事挂了电话。没想到过了没几天，那个所谓的热心阿姨居然带着男孩子直接上门来了，说要让姑娘见一见那个男生。姑娘无奈，只好坐下来聊了几句应付一下，别说自己已经有男朋友了，就算没男朋友，和这个所谓的老实男子也三观完全不合。

那个热心阿姨反复夸耀着这个男子的工作稳定等在她眼里的理想标准。直到姑娘的母亲实在忍不住，客客气气将那个阿姨请出了门。之后那个阿姨几次想要再次上门来，就被姑娘的母亲直接给回绝了。

在有一类这种亲戚朋友眼里，阐述着愚昧老套的观念，配上理所当然的嘴脸，打着关心你生活的旗号，做着坑爹害人的事情。对于择偶的观念还停留在很久远的时代，一个姑娘无论她是好是坏，工资挣多少，能力有多强，到了二十七八岁就是剩女，过了三十岁还不嫁就是十恶不赦，只能介绍给你离异的了。

为什么每年一到春节的时候，大家都要开始吐槽和家中亲戚们的聚会？真的是我们这些小辈所谓的翅膀硬了，不孝顺了？无非是因为对方在只知道你的生活状态的毛皮之后，就迫不及待地扮演起了一个人生指导者的角色，出于礼貌，你内心槽点满满还不能随便反驳。

一个一年到头可能都见不到你几次，对你的生活状态感情状态完全不了解的人，就想要凭借自己所谓的"生活经验"和"吃的盐比你吃的饭还多"的倚老卖老，来对你的人生指手画脚，难免显得可笑。

我并不赞同一些对于亲戚们的八卦进行辱骂或者冷脸的论调，但是你必须要明白自己对于私人生活应当有着绝对的掌控权力，是否恋爱结婚生子，做什么工作等等，都应该由你决定。父母辈的，以及亲戚给予的指导，其中有道理的部分可以吸收作为经验，但是强行输出的三观，不尊重你的看法，也请礼貌地回绝。

!○
没有人
有权利要求他人迁就你

1.

作为一个典型的恐狗人士，我基本上对这种可爱动物的欣赏仅限于图片。而不得不承认，我很厌恶那些遛狗不牵绳子，以及上下电梯对狗不进行一定拘束的人。某天和爷爷一起出门，电梯门一打开，一条没牵绳子的田园犬汪汪叫着蹿了出来。我吓得当场就往后退，爷爷也惊了一下。狗主人是个三十来岁的瘦小女人，抱着双臂就站在电梯的角落里看着，看见我们要进电梯，女人丝毫没有把狗抱起来的意思，一脸的不耐烦。

"小姐，你的狗怎么没有牵绳子？"我说。

"谁规定狗就要牵绳子了？我们家宝宝又不咬人的咯，干吗要牵绳子啦？"女人哇哇地就嚷了起来。

"物业有规定的，在电梯里狗要牵绳子的，或者你要抱起来的。"爷爷在旁边补充道。

"有毛病的哦，你说要牵绳子就要牵啦？"女人对着爷爷开始叫嚷，各种污言秽语。

"小姐，请你讲点道理好吗？你的狗不牵已经是你不对了，你哪里来的脸还骂人？你是不是更年期提前了还是月经不调内分泌失调？"我火大了。

她下意识地往后退了一步。"我警告你哦，你们不要以为你们比我高就可以欺负人哦，我不会怕你的。"

我们不说话，就一脸嫌弃地看着她，她越说声音越低，最后自己也没了底气。

"随便你们干吗，我要去遛狗了。"女人已经没了一开始的气势。

恰好到了一楼，女人就跑出去了。

家里小区的绿化不错，养狗的人很多。狗主人自然也有各式的风格，不过大致可以以一个标准区分成两类：守规矩的和不守规矩的。守规矩的狗主，出门遛狗，往往牵着狗绳，带着一些塑料袋，以防狗狗到处拉屎污染环境，一旦自家的狗在公众场合排便会马上进行清理。楼上有一家人家养了一条萨摩和一条金毛，每次遇到他们，都会给狗带上防止咬人用的口套。坐电梯遇到邻居，那家人也总是会很抱歉地跟电梯里的人打招呼，说一声不好意思。

而前文所说的那个女狗主，则是不守规矩的典型代表。不仅不牵狗绳，对狗在外排便往往也不会清理，清洁工阿姨对这类人深恶痛绝。身为狗主，却一副犬奴的姿态，似乎他们家的狗是上帝，是乖得不行的宝贝，全世界都要来迁就他的狗。

我无意于表示狗和人类真的有阶级差，的确，对于许多人来说，狗就像是他们的孩子，朋友，是家庭里的一分子。但是对于狗的放纵，应该只限于在家门之内，一旦出了门，便要遵守社会的公德，考虑到许多人可能不那么喜欢狗。尤其是对于老人，孩子，如果打开门，极可能造成惊吓，一旦出现事故，将造成无法挽回的后果。

既然承担了饲养的责任，也必须要承担教育和管束的义务。为什么很多人讨厌宠物狗，很多起因是饲主对宠物狗的不良教导引起了他人的反感。狗再忠诚聪明，也有无法控制自己行为的时候,这种时候需要的是主人的引导。哪怕是个孩子,也需要父母的教育,才会知道如何成长。只养不教,不如不养。

2.

几乎每个人都很讨厌熊孩子。而熊孩子熊的根源,则在于那些熊父母。不论自己家的小孩做什么过分的事情,那些父母都觉得自己家的孩子没有错,是可爱宝宝,是聪明宝宝。反而还要来怪你,一个大人干吗要和小孩子计较,怎么一点宽容心都没有。但是为人父母,如果对孩子只有溺爱而没有教导,这种父母简直可以被抓起来再教育。

前几天在机场,看到个小男孩狠狠推了一个小女孩一把,小女孩的手腕当场就擦破皮流了血,坐在地上疼得哇哇大哭。小女孩的妈心疼地抱起女儿,忙不迭地给女儿处理伤口。小男孩还在旁边不管不顾地疯跑,一点歉意都没有。

这时候小男孩的妈过来,一看这场景就问儿子:"妹妹是不是你推的?"小男孩说是,然后继续嘻嘻哈哈地跑。

"去给妹妹道歉。"男孩妈妈说。

"不去。"小男孩不情愿。

不知道扯皮了多久,小男孩还是不情不愿的样子,妈妈瞬间火大,一把提溜起自己儿子就打屁股。"做错事还不承认,还不道歉,谁教得你那么没规矩的。你是不是男孩子,你知不知道什么叫对不起。"男孩被打得哇哇大哭。最后抽噎着跑去对小女孩说了对不起。

虽然棍棒教育已经过时,那位母亲打屁股的做法我也不太认可。但是至少,在一个小孩还不太懂得承担错误的时候,应当由父母出来矫正他不当的行为,而不是放任自流,把顽劣当成天性,给予无休止的放纵,还假模假式灌以"尊重教育"的名义。

3.

知乎上看到一个 Po 主求助,他家住在条楼的二楼,和五楼素不相识,五楼的老人来过他家许多次,希望可以和 Po 主家换房子,理由是自己老了,年轻的 Po 主一家应该让着他们,要尊老爱幼。

Po 主一家不同意,那对老人就经常上楼路过他家门口的时候使劲踹门和吐口水,更有一次还在门上小便。Po 开门质问他,老头就不承认、耍赖,然后还楼上楼下整个小区到处嚷嚷说二楼没有同情心,没有爱心,没有人性。

更可气的时候,老头还经常叫他儿子上门来吵架,把二楼的门砸得哐哐响,气得 Po 主还和老头的儿子打了一架,派出所来了也只好调解,老头的儿媳还在旁边说风凉话,意思是不就是个房子,都是三室两厅的,年轻人多运动爬几层楼怎么了?就不能让一让老年人?

这无知而极品的一家,姑且不论条楼的五楼和二楼房价差了那么多,别人住得好好的,又凭什么你说换就要换?没有提出过经济补偿,没有和邻居好好商量,指望着通过倚老卖老来获得利益,也算是让人大开眼界的一种方式了。

4.

广场舞大妈说我们老年人有点娱乐活动怎么了,可是他们没有考虑过广场舞大喇叭影响了周围居民的休息。占用楼道堆放杂物的人不会去想自己是不是做错,而只会觉得别人举报特别烦。前几天一个大妈举报占道违规经营,给周围带来虫蝇和安全隐患的菜贩,结果居然被菜贩殴打。真不由让人感叹究竟这个世界怎么了。

"孩子还小""老人年纪大了",从来都不能成为他们行为过分的理由。而"穷""狗狗多可爱"这种事,更不能成为有些人无条件极品的原因。

别人要求我们的尊重和体谅，我们也要求别人的尊重。可是那些觉得自己的不良行为天经地义的人，根本不值得被尊重。而对于我们自身而言，哪怕是日常与同事、朋友，甚至陌生人之间的相处，当你觉得别人对你的行为有所反感的时候，先不要急着争辩，而是应当反思自己的做法是不是违背了公德，是否给他人带来了损失和不便。不要刻意去否定自己的权利，也不要过分要求别人对你的迁就和宽容。

在要求他人对你的尊重宽容之前，应当先反省自己的行为有无过分的地方。

毕竟没有人有权利要求他人迁就你。

这位姑娘，
你的人品掉了

　　昨天晚上临睡前看到一个人人好友分享的日志，内容是一个妹子跟着自己的男友去社团蹭钢琴课，在老师教他的时候屡次打断老师的授课，事后因为在她说话的时候老师没有停止弹琴而大感不满，丝毫不想自己有没有做错什么。如果她只是气闷两日，和男友闹一场也就算了，可是她偏偏不知道哪里来的理直气壮，硬是逼着男友给老师发短信，要求对方向她赔礼道歉。

　　老师自然不肯，但是也回复得还算客气，可是姑娘不识好歹，偏偏仗着一股自以为是的劲儿，觉得自己口舌灵便至极，连珠炮似的回了一堆污言秽语过去，姑娘一出口就是："祝你做个老处女。"那老师也是学姐，不动声色地回了一句："嘴巴太毒小心报应回自己身上。"

未几，那妹子又回了消息过来："你放心，我已经破处了。"当真是天雷滚滚，实在是令人想去结识这个异人。

有一次，看到某个"名人"转发了一个问题，倾诉者说的是自己本来答应了元宵要去男友家，临到头了却突然爽约，男友很生气提分手，她满腹委屈地对名人说："他不是说爱我对我好的吗？怎么为了这种小事就要和我提分手？"名人当即同情心大起，转发评论"男人都是薄情寡义的，他不过是找个理由想跟你分手罢了"。评论下还隐隐有不少鼓掌叫好的声音。

后来倾诉者又补充，说男友家人原来为她来访准备了两天，然后颇为不好意思，却又不死心地补充了一句："他也犯不着为了这种小事跟我生气吧？"她只知道她有底线，被人突然提分手已经是天大地大的委屈了，却不知道别人也有底线，也一样触碰不得，说到底还是自私的缘故，所以心中只有自己，事态是否关乎旁人感受，一概不管。

想起我有一个远房亲戚，称之为表舅吧。当年表舅与表舅妈结婚的时候，表舅妈也是个美人，如今20多年过去，仍然风韵犹存。而自他们结婚以来，表舅妈从未进过一次厨房，别说洗手做羹汤，就连勺筷都没洗过一个，家里的其他家务也一概不碰，回到家就是吃饭，看报纸，然后洗澡睡觉。所挣工资，自然也是概不上缴，家里一应开销都是表舅工资所出。

表舅熬了20年，屡次想到要离婚，终究是因为孩子太小而作罢，后来孩子长大，表舅提出了离婚，表舅妈突逢变故，不由得手足无措。后来两人还是离了婚，只是不知道这做惯了甩手掌柜的表舅妈，从此该如何度日。

写下这一段的用意并非是说女人就该做家务的奴隶，但是夫妻二人重要的是相互体谅，共同分担，一味地把养家和照料家庭这种责任都推到男性头上，实在也是没有担当的体现。

记得有个妹子对我说，某两个"网络红人"A与B素来不睦，她觉得两方的见解都偶有独到之处，于是便都加了好友，也喜欢多看看不同看法。一日 A 碰巧发现她也有 B 的好友，于是 A 对妹子说："你把 B 给删了，不然我就删了你。"

妹子心烦就来找我聊天，问我该怎么办。我想了一下问她："你从 A 那里有获得什么真正的好处没，例如知识提升了，或者她有无给你讲些笑话逗你笑？"

妹子立马回我："没有。"

"那你心里是怎么判断 A 和 B 两个人的呢？"我又问她。

"我现在觉得 A 太过计较，没有气度，比起 B 来说有些差距。"妹子说。

"既然你没从 A 那里获得什么好处，如今又印证了她气量小，人品不足以对你产生什么好的影响，那她删你不删你，对你还有什么影响吗？再说，她只是网上的一个红人，不是你生活里的人，对你的生活社交也没有什么影响。你一时觉得她见解不错，只是你没有想得那么深，你多练练，说不定远胜于她。"

"嗯嗯，我知道了！"妹子很高兴地走了。

我与 A 不熟，但是对于这种事情实在是殊无好感，你想让一个人服你，先得自己在知识或者人品上让人心悦诚服，通过删除可能存在的反对者而划出一块对自己都是崇拜者的一亩三分地儿,着实在想法上颇为拙劣。又通过强迫别人的行为来达到自己心理上的舒适,未免也显得不够宽宏。

我这几日看神雕,看到金轮法王这样的恶僧,公孙止这样的伪君子倒也不觉得什么,连尹志平,也是觉得他一片痴心实属可怜。只是看到郭芙郭大小姐处,着实觉得烦闷,恨不得把书页匆匆翻过,就连原本非常喜欢的黄蓉,也开始憎恶起来。

郭芙娇气凌人,仗着美貌与父母均是赫赫有名的人物,行事乖张,砍断杨过右臂,又是连累小龙女伤重,毒药入侵大穴,种种大错铸成,杨过还屡次三番救她性命,偏得她还觉得是应该的,没错的,反正受宠惯了,硬是歪理掰扯成正理,事事都为自己考虑,没学会母亲的能言善辩,倒是凭空自创出了一套强词夺理。

除了是蠢材之外,她更多展现的是自私。可是郭芙这样的姑娘,居然还能觅得耶律齐这样人品功夫俱佳的丈夫,可见人世间的种种事,也不都是公平的。

在世上见过许多女子,没有郭芙的美貌与家室,但是娇气与自私比之郭芙却丝毫不减,不会为人考虑,生得一副唯我独尊的模样,也不知自信从何而来。而其身上缺点,又何止自私与愚蠢,自私而气量狭小,愚蠢而目光浅薄,一化二,二化四,心中存恶,做出的事就也令人烦恶得生生不息。

小时候看《还珠格格》,只觉得小燕子娇美可爱,就连胡作非为,也是天真烂漫的体现。而到如今,却觉得她不懂事,心中只想着自己,明知皇帝爱护她,偏借着这个爱护处处闯祸,让他也难以下台。紫薇失明时,又是因为她急着看热闹就把她弃置不顾。

小女儿性子让你显得娇蛮可爱也不过只有几年的工夫,别人容你,不过是念在你年纪尚幼。而随着年纪增长,一个人便该学得有所担当,为他人着想。若再是胡搅蛮缠,只有泼妇两个字可以冠之了。

韩剧、偶像剧等等类似剧目受欢迎的原因之一,大概就是给了许多人一个幻想世界:"不管我怎么作,怎么闹,都会有一个白马王子替我处理后果。"这种幻想多了,实属无益。

有许多例子证实,一个人的悲惨生活往往是自己作孽的恶果,金老先生宅心仁厚,尚且给了郭芙一个不错的结局。而现实不如小说,真正幸福的情侣,往往是以沟通理解为主,勉强迁就的很少。而有所成就的人，往往也不会一味地只为自己着想。有人会说，人本来就是自私的，这话简直让人头疼。总有女人蠢到让你找不到一个美好的形容词来夸她，当然，也有男人如此，因事而异吧。

所谓与人方便，与己方便，人生处处，莫不如此。

!○
你会不会说话

某日,朋友单位里一个大龄恨嫁的女同事旅游归来,带着一堆馅饼作为手信分给办公室的众人,大家纷纷说谢谢,问她玩得是否愉快。这时候,某个不长心的姑娘走了进来,看到恨嫁女在分饼,张口就问恨嫁女:"哟,发喜饼呢?"

办公室里的一众同事尴尬得不行,谁都不知道该怎么接口。只好默默地笑笑,然后低头开始工作。恨嫁女把饼盒往桌子上一放,说了一句哪来的喜哟,然后就回到了自己的位置上,脸色很是不好看。

另一次,办公室聚餐吃烤鱼。恨嫁女的身材比较高大,但是不太爱吃鱼,所以吃了没多少就不吃了。被那个不长心的看到了,忙对恨嫁女说:"哎哎呀,×××,你码子那么大怎么只吃那么一点啊?来来来多吃点多吃点。"恨嫁女说自己吃饱了,不长心的那个一脸惊讶,又重复了一遍:"你码子那么大吃这点就饱了啊?没想到你胃口那么小哦。"看着这顿饭眼看要吃下不去了,领导忙出来打圆场岔开了话题,才气氛古怪地结束了这场聚餐。

还有一次,还是这两个人。恨嫁女正在和某个刚休完产假回来的新妈妈聊天,称赞她家宝宝长得可爱又精神。"我也好喜欢小孩子的,以后一定要生两个。"恨嫁女同事说。这时候不长心的那位又毫不留情地神补刀了一把:"那你什么时候结婚啊?"恨嫁女脸色一阴,径直地走回了自己的办公室。

从此,这梁子算是结下了。要说有什么矛盾,恨嫁女和不长心的根本不是一个部门的,平时也没有接触,不长心的那个纯属嘴碎,得罪的也远不止是恨嫁女一个。偏偏她还觉得没什么,逮着个人就能唧唧歪歪开一堆炮,也算是个性使然。

某同学家里老人生病去世,发了条朋友圈诉说心里苦闷。大家都纷纷给他发一些节哀,老人一路走好之类的。突然冒出个汉子的回复:"生老病死,自然规律。"某同学就回了那汉子两个字:"呵呵"。

别人正难过着呢,你跑过去说个自然规律。这话不是说道理不对,而是时机不对。冷冰冰高高在上一副洞悉事态的样子,是个人看着就觉得不舒服。感情就你懂规律,就你懂自然,这不是招怨么。倒也不是那个汉子有什么坏心眼,但是不懂说话,就是在别人伤口上撒盐,还不如一句都不说。

有个姑娘在微信上跟我吐槽说,她自己的好朋友跟她掰了,她百思不得其解。后来她给我看那个好友给她发的微信聊天记录。好友说她太不会顾及别人的感受,总是乱说话。好友有一句话挺有意思:"你从小到大人缘都那么次,真的都是别人的问题吗?"

姑娘觉得很委屈,"我从小就是这直肠子啊,我觉得没什么不好啊,想什么说什么不是坦诚的表现吗?难道非得要藏着掖着吗?我这好朋友也太容易受伤吧。"

我听着也觉得无奈,姑娘的心可是够大的。估计父母从小也很宝贝着,所以没告诉她不是每个人都可以忍受她所谓的直白。说话直这件事,真的没什么可以拿出来骄傲的。

毒舌如 Sheldon 或是 Max，在剧里面或许看着很爽，但是如果你生活中真的有这样的朋友，你的感觉并不会太好。经常在网上看到有一类人标榜自己的优点是"说话直"，觉得自己直来直去是个好处，反而觉得其他人都是心机婊，被他们的话刺到的都是玻璃心。其实都不过是不会做人又懒得去好好学做人。在责怪别人都对你挑三拣四之前，不如先想想自己是否真的谨言慎行了。

他们总是说活着并不是为了讨好任何人，但是人活着，也并不是为了伤害所有人的。

偶尔有一两句毒舌开始流行了，那些张嘴可以毁灭宇宙的人都觉得自己占领高地了。

我们生活中很多得罪人的话，其实和忠言逆耳完全没有关系，完全是说话者嘴炮的产物。当你的想法和对方的想法相违背的时候，你也要试着用对方可以接受的方式去把你的观念说出来。或者，对方行为有亏，即便是诤言，也应该学着用合理的说话方式，让对方更好地吸取你的意见。直白的指责，甚至带有侮辱性质的嘲讽，只会令对方越发地抗拒。

说话说得好，讲究时机、方式。哪怕你要表达的是同一个意思，面对不同的人说话的方式也不同。都说会不会说话是取决于情商高低，但实际上都是说话者有没有一颗愿意去体谅别人情绪的心，在开口之前肯不肯替别人设身处地地考虑下对方的感受。

说话多容易，嘴一张就成。说话又多难，一句话让人笑，一句话又能让人跳。

作为说话者，在说话之前要先考虑自己的话会不会伤害别人，而作为倾听者，你也不必用自己的坏情绪来为别人的嘴炮埋单。

10

你过得不好，
不是那些过得比你好的人害的

刚才在网上看到个消息，某个13岁的豪门妹子在微博上上传了几张她和EXO成员的合照，引来无数粉丝痛骂。她的哥哥替她说话，又引来一票粉丝的骂声，其中不乏煽情党："你知道我们有多么努力吗？你知道我们5点起床6点接机只为了靠近他们一点的辛苦吗？你妹妹年纪这么小就能仗着自己家里的背景和他们合照拥抱公平吗？"

可是人家为什么要在乎你的感受呢？你5点起床6点去接机，站在风里冻得像条狗是因为你喜欢这个明星，你为了你喜欢的事情去努力应该觉得快乐。豪门妹子的合照没有侵犯你的利益，她只是利用了她手头的资源做了她想做的事情，这个资源不是从任何一个粉丝手里抢来的。她没有利用自己的背景来侵占原本每个人都有机会获得的见面机会。

她不去见面合照，这个机会也不会掉到你头上。那么，你过得不好，追星追得那么辛苦，又关她什么事？

之前在网上看到一个贴，两个姑娘A和B是闺蜜，两人的年纪也都不小了，大概二十七八的样子吧。现在A快要结婚了，对象是个高大帅气的工科男，为人老实稳重工资又高，对A宠得不得了。A也很珍惜这份感情，整天忙着试婚纱找婚庆不亦乐乎。B一开始还挺为她高兴的，后来就越想越觉得不甘心，明明是她先认识A准老公的，结果却让A抢了去，偏偏现在自己还是孑然一身。

于是B注册了一个QQ小号加了A的未婚夫，告诉他A以前打过一次胎，A的老公得知大怒，与A大吵一架，结果连婚事都黄了。B毁了A，可是她自己心里也不好受，整天担心被A知道是自己告密，晚上连觉都睡不好。

可是B嫁不掉，和A没有任何关系。不论A是否会出现，

A 的准男友都不一定会喜欢上 B。

想到《深夜食堂》里三个年纪一把还没有出嫁的茶泡饭三姐妹,她们并不会为了其中的一个要嫁人而感到开心,更多在意的则是"我不想你好,我只希望你和我一样差"。就像小时候考试一样,自己考得不好并不重要,最好是同桌或是班里的优等生也考得不好,如果本来成绩很差的同学这次考过了你,心情会瞬间跌倒谷底吧。

之前有句话说,激励你成长的是你的嫉妒与不甘心,而不是你天生的善良。可是大多数人嫉妒完之后只剩下了怨天尤人,或者干脆心生妒火想要去破坏其他人的幸福。可是如果别人没有伤害你,没有用不正当的手段抢了原本属于你的东西,那么你又有什么理由去辱骂甚至伤害?

支持你成长的或许不是你天性里的善良,也不代表你在成长的过程中可以把善良丢在一边。

所有的妒忌、报复、不甘心,以及那句"我一定要过得比你好",都应该转化成你去努力向上的一个动力,支持你往你妒忌的人的层次去努力,甚至去得到比他们拥有的更好的东西。

而整天哭哭啼啼抱怨着想要别人降低自己的段位来给你一个所谓的"公平"的人，只能一辈子当个Loser。要知道，没有人有义务去特别顾及你的感受。学霸不会为了学渣特意考砸，情侣不会为了单身狗分手，有钱人不会为了穷人把钱扔进长江。

如果有人顾及你的感受而刻意掩饰自己的幸福，那只能说，他很爱你。

人活在这个世界上，想要过得好，都是自己挣的，如果过得差，也别觉得都是别人害的。

!○
好看才可以放肆，
但丑只能克制

在一个忧伤的起得太早的早晨，我趴在床上刷微博，看到了这么一个故事。

小伙伴 A 的男朋友 B，长得很是不帅气。他被以前的女性朋友 C 约出来喝酒，C 说分手了心里不开心，要 B 陪她。小伙伴 A 听到就不是很愉快，微信对 B 说话也有些"大半夜的喝什么啊""你是我的男朋友，那个女生又不是不知道，为什么不能掌握下分寸"的意思，然后男朋友 B 很识相地对 C 说："我先走了，我要回去了。"C 说："好的，下次再见。"

回家以后 B 想了想和 C 的交流过程觉得大家本来关系也一

般，接下去也不会怎么接触了，另外为了照顾 A 的情绪，就在微博上把 C 取关了。C 发现之后，觉得被自己一直都不太看得起"能和他吃个饭都算给他面子"的 B 取关了太丢脸，情绪失控带着自己的闺蜜们到 A 和 B 的微博下面大骂，还说"全世界的男人都死光了 C 也不会看中 B 这种男人，B 长得那么的面目可憎"之类的话，大概就是"谁若不当我闺蜜粉丝，我必拆他整个天堂"，也是醉了。

反正翻来覆去，颠来倒去，就是说 B 丑，说 B 删 C 就是丑人多作怪，说 A 就是自己捡了个丑比男朋友还当宝真是傻比。看完她们的评论真是心疼 A 和 B。全世界的爱都是 C 她们做，全世界的胎都是 C 她们堕，被不好看的人取关了自己立马就成了被侮辱的和被损害的。比起不好看，更可怕的，大概是把自己想得太好看。

帅哥叫你一声女神你会觉得很高兴，丑男 B 叫你一声女神你会觉得这个人跪舔怎么那么恶心。

帅哥有钱你会觉得"哇"好想嫁给他，丑男有钱你觉得暴发户土鳖有钱都是偷税漏税来的。

帅哥成绩好你会觉得他脑子好又聪明，丑男成绩好你只会觉得这个人是高分低能。

帅哥逗比叫幽默，丑男还逗比就叫猥琐。

帅哥说荤段子会收获娇羞的"你真坏"，丑男说荤段子就是"性骚扰"。

每天都在看到人感慨地说：这个看脸的世界真是让人觉得绝望。

一个叔叔，结发妻子给她生了个女儿，里里外外帮忙操持家里，叔叔从困顿的穷小子变得有钱之后，就开始嫌弃老婆，因为老婆身材走形，长得不好看，皮肤发黄又没文化，于是吵着闹着要和老婆离婚。最后还是离婚了，叔叔后来又结了两次婚，发妻一直都没有再婚，说是要等他。这个故事的悲伤不在于这个叔叔是个渣，而在于他长得帅，所以发妻就算知道他是个渣男还是坚信"他70岁还是会回来找我的"。别人劝她无果，评论就渐渐由同情的声音变成了"这女人真是又丑又蠢"。

另一个舅舅，长得帅，很能干。找了个老婆很漂亮。老婆什么家务都不做，每天回到家洗完澡等着老公回家做饭，女儿长到20多岁没有吃过自己妈做过的一顿饭，舅妈也不会收拾房子，有垃圾就扔着，看到灰也不会扫，每个礼拜婆婆过来帮她打扫。可是舅舅还是很爱她，多少人爱慕她年轻时候的容颜，到现在还是爱慕她的容颜。

突然想起来那个被离婚的婶婶和这个舅妈要是长相换一下，大概结局会完全不一样吧。

好看才可以放肆，但丑就只能克制。

唯长相论这个观念是很畸形的，但是相比长相可爱讨喜的人，容貌不佳的人面临的困难要大得多。佳人犯错会获得更多的宽容，而丑人努力了一旦出错还会面临"长得难看就算了，事情还做不好"的评论。两个人谈恋爱，一个不好看，别人一定会用一种怪异的眼光看着你们说"你们是真爱啊"。

前段时间在旅游，看到了白百何演的《整容日记》，丑丑的学霸女主角从割双眼皮开始一发不可收拾，渐渐迷恋上了整容带来的快感，变美给她带来了很多福利，获得了能干上司的倾心赏识，后来整容的事情曝光，男主怒而和她分手，说她欺骗他，他讨厌整容的女生。女主问他如果我没有整容过，你还会和我交往吗？

男主说不会。

不管她是不是善良能干，不管她是不是有一颗金子一样的心，因为她不好看，所以活该被前男友抛弃，活该被现男友鄙夷。这个世界是不公平的，是充满了有色眼镜，漂亮就天生比别人多了一张通行证，比别人多了许多幸运水晶，但是漂亮的人能有多少呢，芸芸众生中的你，就因为不如那些人而自己放弃，就更没有人会来心疼你了。

说多了丑人苦，再说点别的。

最近被小李子长胖身材变形的照片刷屏，有一句评论说得很对：不要嘲笑小李子现在胖了怎么那么毁，人家瘦下来照样还是帅大叔一枚，可是对于你们大多数人来说，减肥下来还是那么丑，何况你们还减不下来。

不漂亮不帅气也至少干净整洁，如果没有长相还没有内在美，那才真的是完蛋了。长得难看不是借口，长得胖也不是借口。偏偏现在越来越多的人拿胖和丑当借口，不愿意承认自己的失败其实是自己的懒惰和懦弱，而把这些原因都归结在社会的歧视之中。我们把自己的弱点拿出来当作盾牌，以一种破罐子破摔的形式来解释自己对自己的放任自流。

渴望就去争取啊,通过自己的方式。比起做一个悲伤的丑人,还不如做一个高兴的丑人。

毕竟,幸福和快乐,没有好看和难看的差别啊。

最珍贵的鼓励，
不是"加油"，而是"我明白"

寒假的时候，一个很好的朋友说要回国来找我玩，还给了我航班号让我去接他。在他要出发的前一天晚上，他突然给我发消息说："我不回来了，机票退了。"

"为什么啊？"我问他。

"没什么，和我妈吵了一架。不想回来了。"他努力压抑自己的情绪。

"有什么好吵的？"

"你知道么，我是 GAY 啊。"他说。

"我知道。我知道了。"我突然语塞，不知道该怎么把话题接下去。

后来他还是没有回来,他偶尔会说到,为了这个事情,他和家里纷争不断。那之后,他再也没和国内的朋友说起过取向的问题,也极少和国内的朋友联系了。我不知道如今他和家里怎么样了,想来离经叛道,对于他那种严肃的家庭来说并没有什么好下场。他很少上人人,微博也不怎么用,是一个很容易被人遗忘的沉默者。他并不太发泄自己的情绪,而是把所有想法都放在了自己的心里。

然后,逼着自己去对这个世界笑脸相迎。

J和男友分手的时候,明明是对方劈腿在先被她发现,可是由于对方总在社交平台上深情款款的模样,许多不知道真相的人反而跑去指责J,说她太作,不能支持男友的梦想等等。

J委屈得不行,想要发泄,却又不知道该给谁说。和朋友说起,他们总是说:"哎呀,是他的不好,可是你多包容包容他吧。"或是:"毕竟在一起那么久了,睁一只眼闭一只眼吧。"没有人支持她放弃多年的感情,都觉得她忍过这一次,两个人还能凑活下去,就算是对得起多年的青春了。J也曾想过要在社交网络上披露分手的原因,可是想来想去,难免心软，觉得把自己的事情放在网上，双方闹出一幕狗血剧来没有意思。

J 删光了微博，屏蔽了评论，不再花精力去关注那些无所谓的声音，不再关于这件事发出任何一个回应，逼着自己再去重新投入生活。她如今过得很好，大家都恭喜她的坚强，可是没有人知道她在寻觅不到一个真正的安慰时，一个人有多么的彷徨。

朋友对我感慨说无处吐槽，人人上有许多的同学，微博上有老师，微信上有父母。那些人里真的听自己说话的人太少。而我们真的会去认真倾听的人，也不过就寥寥数人罢了。而倾听之外，还能理解，则更加少了。

很少和别人聊起，"孤独"究竟是一种怎么样的感觉。如今却想问一下，怎么样的时刻才让你感到孤独。于我而言，心里有着许多的话想要说，明明认识许多人，却不知道告诉谁的时候，那一刻的难受，就是孤独。当你想与人分享你的生活，却被别人嫌弃刷屏，那一秒的失措和苦笑，就是孤独。

我们有太多的话要说，却只有太少的人可以说。最后只能统统吞进了自己的肚子里,化成养分,给它取了个名字叫沉默。

我一直都很佩服那些被人问起自己的情绪时,回答得云淡风轻的人。许是因为他们比谁都明白,这个世界上并不会真的有谁会停下来听你一直的絮絮叨叨。

世界之大,无处可逃。一个人要变得强大,难免要学会去接受和控制自己在世界中孤独的情绪。

因此也显得,这世上,最珍贵的安慰鼓励,不是"加油",而是"我明白"。

PART 3

That's not because of no good in the world but of your limited experience.

谈多少次
恋爱才满足

10
无论未来是否告别，至少当下认真相爱

前几天在微信小号上发布了一个问题：两个对于未来期许不契合的人能不能在一起？

超过百条的回复几乎是清一色的"不能"。

忽然就想起了一件真实的事情。

高三的时候我在一个语文老师那边补课，因为不用付钱，而老师教得又好，所以我去得很欢。语文老师的太太是我爸初中时候的班主任，家学渊源甚是深厚，几代人都关系不错。老师有一个独生子，儿子结婚的时候我还吃到了喜糖。后来没过

几年，听说他和太太离婚了，又没过几年，他又娶了另一个平凡的姑娘，生了儿子。

为了称呼方便，语文老师的独生子就称为A好了，他的前妻称为B，后妻没有什么戏份，于是按下不表。

A与B是高中同学，从高中时候就开始恋爱，一直到各自在某著名大学毕业，瓜熟蒂落水到渠成。毕业之后，两个人领了证，B打算去德国继续深造，并且鼓励A和她一起前往德国。A在犹豫很久之后，心里的天平还是倾向了B，毕竟在那么些年以前，海归硕士的竞争力还是很可观的。到了德国之后，两个人都开始了刻苦的求学之路，由于学业繁忙，A与B两人的家庭又都是工薪阶层，于是他们约定把生孩子的事情缓一缓，等到毕业工作有一定基础了再考虑。

求学的时光过得很快，在硕士毕业之后，B想要留下，而A想要回国。在B的劝说下，A勉强答应留下来先找找工作。B很快就顺利地在银行里找到了一个不错的职位，而A却屡屡碰壁，一直没有在德国找到合适的工作。在心情的极度烦躁之下，A与B的争吵也越来越多，流露出了很多想要回国的意思。但是B不愿意放弃自己在德国获得的机会，而是劝 A 在德国继续找工作。终于在某一次大吵之后，A 愤怒地买了机票回了中国，不辞而别。B 对于 A 的行为感到非常愤怒，也觉得 A 活到 20 多岁了还那么幼稚令她很失望，两个人隔着大洋争执不下，B 不愿意回国，A 也不愿意再去德国，终于到了挽回不了的地步，办理了离婚手续。

后来 A 在国内找到了一份不错的工作，而 B 在德国的晋升之路也越走越好，两个人都拥有了新的伴侣和自己想要的职业发展。只是多年的感情，从懵懂青涩走向成熟，最后以离婚收场，还是不免让人觉得可惜。

这是我听过的第一个关于未来产生争执而崩掉的故事。后来见了无数分手的情侣，无论是否异国，才发现磨淡感情的并不是距离也不是时间，而是在不知不觉之间，两个人对未来越来越大的偏差。

在象牙塔里的时候，我们会觉得，恋爱比天还大。

当我们真的离开了象牙塔，你才会发现，世界上有很多的东西占据了比感情更重要的位置。在你的现实里实现不了她的梦，你们就会离得越来越远。一个觉得对方不切实际，另一个觉得对方庸俗市侩。又或许两个人都是现实的，可就像 A 和 B 的故事一样，你想留在国内，他想出国发展，让谁妥协谁都不公平。现在的大部分人，比起我们父母那一辈，更愿意去争取自己的生活。或许会在生活习惯上进行迁就，但是为了另一个人放弃自己的未来，却变得越来越难。

其实这并不是一件坏事，曾经在"恋爱比天大"的时期，我们都坚信只要有爱就会克服一切困难，那些你不愿意跟着他出国或是他不愿意为了你留下的故事都是说明你们不够相爱，而他想去北上广你想留在小城也不过说明你们不是真爱。现在，我仍然愿意去相信爱，只是不愿意去相信，爱是要求别人按照自己的意愿去生活。

爱情正在变得理智，而令人遗憾的是，爱情也由于激情的消退，难免变得也有些乏味。

如果两个人对于未来的期待不能契合，但是他们还愿意不顾一切地坚持，他们的勇气值得钦佩。而如果两个人因为这个原因，选择放手，也并没有什么可以责怪的地方。

毕竟我们中的许多人，总要开始渐渐学会不再用爱的名义来克制别人,也不再用爱的名义来放肆自己。

  这个问题没有固定的答案。就像一个人永远不会踏入同一条河流,没有人知道谁会不会创造奇迹。

  不过,无论未来是否告别,至少当下认真相爱。

10

亲爱的，路途遥远，我们一起走吧

1.

认识超哥是因为学生会。

一直听说超哥有个女朋友，在北京，从来没有人见过妹子的真人。前天毕业晚会，超哥在台上朗诵，一个穿白色连衣裙的妹子抱着花走上了舞台。平时淡定的超哥瞬间就激动了，一脸的惊喜溢于言表。台下的观众大叫着起哄："亲一个！亲一个！"超哥很害羞，拉着妹子就跑下了台。第二天毕业典礼，妹子背着相机来给超哥照相，我们终于看清了妹子的长相，很清秀的一个姑娘，和超哥很般配。

记得大一到大三的时候，大家都过得挺拮据，上海到北京的机票可能就是半个月的生活费。学校的课程很多，平时很难有时间出去玩，更别说是外地了。在毕业晚会的 VCR 上，超哥坦言说："以前穷，三年只去过三次北京，坐 15 个小时的硬座去，再坐 15 个小时的硬座回来，想想异地恋，真的很难。"

大三那年，超哥说要考研，问他打算去哪里，他说去北京。起早贪黑准备了一年，今年年初成绩揭晓的时候，超哥顺利地考上了北理。从异地恋终于要修成本地恋。

这个故事很平淡，就是简单的异地恋。没有狗血的剧情，也希望永远都不要再有狗血的剧情。

无从体会四年在思念中度过的艰辛，当你悲伤难过我不能在你身边分担的无力感，当你快乐我却无法与你分享的失落。

我一直都觉得，这世界上并没有什么真的跨不过去的距离，所有的困难，都像是爬山。有的人在山脚下放弃了，有的人走到了山顶。在感情里说不上谁对谁错，差别只是，从此以后，我们拥有了不同的风景。

2.

大学里认识的第一个同班同学是 L，是厦门的，会把"福建"

说成"湖建","飞机"说成"灰机"的男生。大一的第一次微积分考试,他考出了一个惊人的高分。同一学期的期末,他向我们班的一个学霸妹子 Q 表白了。

在一起的理由,似乎是因为一直在同一个教室自习,所以慢慢互相有了好感。学霸们的世界,果然是我等考前开夜车的凡人不能领悟的。

这两个人的恋爱进行得毫无声息,他们把所有的甜蜜和浪漫都留在了教室、自习室、一道又一道的题目、一场又一场的考试。

散伙饭的时候,L 突然捧出来一大束玫瑰花向 Q 求婚。Q 当时就哭了。他们两个都不是上海本地人,却都决定留在这个魔都打拼。未来的许多年之中,或许会磨灭锐气,打击自我,一次次摔倒又不得不一次次爬起,在社会里摸爬滚打磨出一身的茧。

但是生活,请你不要磨灭了爱情。属于我们的,大学里的爱情。

等到老去的那一天,希望你还在我身边。

3.

一场毕业，把谁都变成了矫情的人。

辅导员大着肚子给我们开最后一次班会，一边说一边哭。大一认识她的时候她刚研究生毕业来我们学校工作，我去传达室拿信，还看到过别人给她写的明信片，叫她"亲爱的蛐蛐"，四年的时间把她变成了人妻，也即将变成人母。

辅导员的老公是另一个专业的辅导员，毕业晚会时候两个人手拉着手唱《光阴的故事》，台上还有很多人，可是台下观众的眼里只有他们两个。辅导员对着大家说："我爱你们。"我们在台下吼："屈老师，我们也爱你。"以前没说过这些话，以后也不太有机会再说。

我们走得太匆匆，好像一别之后，就进入了一个互不干扰的时空，拼着命地说再见，拼着命地把一点或很多的爱表达出来。这似乎是所有离别时刻人们的通病，其实仔细想想，说出来的爱，也没有真的特别爱过，对于将来，联系也不会很多。可能那句大声喊得喉咙都嘶哑的我爱你，真正爱的是自己，同时还有你们列席的青春。

4.

毕业典礼结束，一大群人挤在操场上拍照，M向别人借了一套学士服，让男友F换上，拉着我给他们两个拍照。"这说明我们高中一起，大学也在一起啊。"M说。

WOW（魔兽世界）刚出小宠物对战系统的时候，他们还没有在一起，只是普通的好朋友。当时M特别想要一个小瓦格里，可是小瓦格里只有固定的几个点会不定期刷新，一错过很可能就没了。F建了大概几十个号，替M在各个服蹲守。看着不停地跳出F上线下线的消息，我们不明所以以为他抽风，一时间全部朋友的通告都改成了："F你吃错药了？""F没吃药？""F不要放弃治疗！"

M马上发了通告解释："F是帮我抓小宠物啦。"

某朋友见状说："F那么好，不如M你从了F吧。"

"那要不我们在一起吧？"F也发了通告。

"好啊。"M说。

F会吃掉所有M吃不掉的菜，M买了新车，开的最多的人反而是F，接送M去学校，上下班，成功解锁了"三陪男友"的称号。他们在一起后，最大的共同爱好就是吃，曾经创下过在西塘一个下午吃掉800块还不含正餐的纪录。

和他们出去旅游，经常我在前面走着走着，一回头就发现他们不见了，站在原地张望半天，才看到他们两个人一人拿着一个肉串满脸幸福地从某个路边小店走出来。

M和F还没有结婚的打算，对他们而言，现在这样的生活就很好。两个人一起吃，一起玩，一起长胖。

亲爱的，瘦姑娘抱起来硌得慌，哪像你健康又漂亮。

5.
"毕业那天我们一起失恋"这句话流行的时候，我还刚刚上初中。大学里见过许多的分分合合，狗血的或者纯情的，幸福的或者苦逼的。象牙塔里的每个人都有一段传奇，例如某人在机场的表白，例如某人的毕业前结婚生娃，例如你到天涯海角我都不离不弃。

当然，也有悲伤的、未知的未来，能否还在一起的我们。毕业的时候拥抱说分开，似乎没有来得及想，一开始我们之间的千山万水，最终又变回了万水千山。接下去的时光里，再难相拥。

以后，再也不会有这种只需要担心风花雪月的爱情。我们不会再迷信有了爱情你就该享有一切，而是开始相信有了爱情就有动力去做一切。这四年的变化,让我们在自己的生命之中给了爱情一个最适合自己的分量。不再鲁莽地一往无前,却也不会畏首畏尾。用一个合理的心态来判别自己该做些什么,又该用多大的力气去付出。

6.
我不会再只是爱慕你年轻时的容颜,我期待陪你承受岁月无情的变迁。

亲爱的你,路途遥远,我们一起走吧。

!○
为什么有的人已经谈了20次恋爱，
为什么有的人还在单身

远在英国的Z君最近更新了朋友圈，九张照片晒出一个美好的明天，小伙伴们火眼金睛，直接无视所有英国动人风景，盯着第八张的双人照，纷纷发出如下赞叹："哟，你又换女朋友了啊？"

所有小伙伴中尤其以某个在英国的学长最为悲愤。学长比我们大一届，是个满腹经纶的汉子。大一我和Z君进校的时候，学长刚和女朋友分手，后来几年，看着学长一点点长胖，Z君换了几个女朋友。又到后来，学长毕业出国，我们大四，学长痛定思痛开始健身减肥，渐渐练出了肱二头肌、腹肌等各种我也说不清的肌肉，总之看起来很厉害的样子，期间 Z 君和女友 A 合了又分，历经女友 B 和 C，再和女友 A 分了又合。而学长，看起来长得身材越发健壮，看的书也越发得多，唯一没有变化的只有单身这个状态。

现在的学长有身材有知识，有一张充满男子气概的脸，他虽然在英国读书，但是还是直男取向，百废待兴，就缺个女朋友来开展一段没羞没臊的未来。但是偏偏没有一个妹子来拯救他的单身生活，陪他从诗词歌赋聊到琴棋书画，从煎饼果子谈到祖传红烧肉。

学长 biu 的一声哭晕在健身房的厕所。

某次去一个朋友家的门口等朋友一起吃饭，他从家里出来，手里拿着一沓厚厚的本子。我看到了问他是什么。他说是以前的女朋友们和暧昧的妹子们给他写的情书。

我说好好的吃饭你拿这个干吗，我不要看我不要看我不要看。

朋友说没什么，就是晚上我女朋友会来我家看我，这些东西留着风险太大还是扔了吧。

我陪着他在路上走了六个街口，看着他一直在纠结到底是把这些情信扔了好还是烧了好。最后趁我一个不留神，他扔进了某个不详的小饭馆迷你垃圾桶。然后他看着我,郑重其事地对我进行催眠:"记住,看到我的女朋友,如果她问你,你一定要说我只谈过三个女朋友。"

我看着朋友的脸开始神游,突然想到上次单身狗小方说他有一次出差,在某便利店买瓶水,遇到了热心收银员大妈问他:"小伙子,孩子多大了?得两岁了吧?"小方冲大妈笑笑说:"阿姨,我还年轻,还没有女朋友呢。"

大妈顿时一脸不信地说:"你看你,还说自己年轻,一看就是工作太忙耽误生活了,再不着急啊,就只有别人挑剩下的了。"

小方:"阿姨我先走了,找零我不要了。"

然后我就对着朋友的表情"噗"的一声笑了场。

Z君和朋友其实是一类人。我们在生活中经常可以看到这类男生。他们谈过的恋爱虽然有点多,但是离奇的是口碑却还不错。

另一君和每个女朋友的分手都是一段不得不说的故事,他和Z君一样,至少没有在开展一段感情的时候劈腿或是对女友冷暴力。开始在一起的时候也是真的喜欢,到后来没有在一起的时候也是真的不喜欢了。从开始到结束,都尽力地负责过,没有什么值得指摘的。

归根结底，问题在于，一开始的时候可能他们对你只是80%的喜欢，他们就会用100%的手段来追求你和宠爱你，把你当成那个100%的人来看待，想和你一起去努力。可是当你没有努力往他心里那个100%的方向去努力或者去契合，而是仗着他对你的喜欢继续为所欲为地做自己，那你就会轻而易举地迅速在他心目中降到了60分甚至更低。

只要有心动，就愿意尝试。但是让他保持心动，却是一个秘而不宣的挑战。

而学长和小方则是另一类人。他们不是不想找对象，也不是找不着对象。问题的症结在于他们对自己的要求。他们不会选择80%的心动，而是一直在坚持着100%，可是世界那么大，能看到一个让自己真的满意又满意自己的人的概率，又能是多少。

我也曾经觉得某某妹子似乎符合小方的要求，或者某某学姐和学长很合适啊，最后他们还是没有成。很多东西，标准也好，或是其他的形容也罢，就在他们的心里面。达到了就得分，达不到就再见再也不见。

谁都说不出是哪一种情景才能让他们心动。

有个姑娘说，家里给她介绍相亲，她自己不愿意，但是又觉得如果不去的话怕自己年纪大了真的无法告别单身。妹子今年24，觉得现在一个人还不错，也不愿意随随便便就结婚。

我说那你就再等等，趁还能任性的时候就坚持下自我，如果哪天你觉得自己实在是熬不下去了，你再去试试。

其实对于大多数单身的人来说，一个人生活也没有问题。可是随着年岁渐长，在家人的催促和朋友的目光中，单身这件事逐渐被刻画得很悲哀。单身者的一切压力，无非来自于你终于开始怀疑自己是否还能拥有等待到真爱的幸运，却又无力去面对将就着过一生的草率。

当你不是那种愿意从80%的喜欢就开始的性格时，又何必勉强自己为了迎合别人的口味，就去喜欢一个只有80%满足自己想法的人。

单身也没有什么悲哀的，谈过恋爱的次数多也没有什么被当成渣的。

总是在往着让自己幸福快乐的路上努力着，清楚自己的方向就好了。

01
恋爱的目的，
不是为了不寂寞

　　橙子终于在年前的时候和男友分了手，有些意料之外，但是转念一想他们恋爱的这两年，又觉得算是情理之中了。我本想安慰她两句，后来看她并没有什么难过，反而一天天都欢天喜地的，我想要例行的安慰套路终于终止在了输入框。

　　没想到，还没轮到我去和橙子说的时候，她倒是来找我了。

　　下午3点半，我在学校图书馆里坐着写作业，手机屏幕却突然亮了。

　　"橙子给你发来了一条消息。"

　　点开一看果然是她，打招呼的话居然是："睡了吗？"

"大姐，我这下午 3 点多，你那里应该半夜 4 点了吧，你怎么不睡。"我发了个尴尬脸。

"睡不着啊，想跟人聊天。"她说。

"好啊，你想聊什么。"我问她。

"我们来摇骰子把，如果你赢了，你问我一个问题，如果我赢了，我问你，可以么？"

"行，来吧。"

第一局我输了，1 比 6，惨烈不堪。

"为什么会结婚？"橙子问我。

我已经忘了这是第几个问我这个问题的人了。

"因为喜欢他啊。"我把给每个人的回答又发了一遍给橙子。

第二局橙子输了，1 比 2，虽败犹荣。

"为什么要和他分手？"我问橙子。

"因为我孤独，所以才和他在一起，可是在一起之后发现，我更孤独。"

"所以你开始时知道你不喜欢他吗？"

"知道。"

"渣。"我评论了一句。

"这我也知道。"橙子有些歉意地说,"挺愧疚的。"

橙子和那个分手的炮灰男朋友在一起有近两年的时间了。橙子是一个普普通通的姑娘,在初恋分手之后一直单身。我们有个群,橙子和初恋也是在群里认识的,分手之后,虽然尴尬了些,可是他们两个人也仍然待在群里。橙子很少和我们谈和初恋分手的原因,对初恋也是满不在乎的样子,有时候会在群里聊几句,她竭力表现得云淡风轻,好像当年和初恋在一起就是一场失败的遭遇。

和初恋分手后的第一个情人节,橙子在朋友圈发了和炮灰男的合照,配以"谢谢你陪我走下去"的文字。我们很哗然地在群里问她炮灰男究竟是什么来历,怎么两个人就突然在一起了。

橙子说,炮灰男是她的初中同学,据说一直对她有点好感,情人节前两个人聊天,知道橙子恢复了单身,炮灰男就趁势对橙子表了白。

"恭喜恭喜啊",一群人在群里闹腾,橙子也乐呵呵地感谢众人。

"恭喜你",初恋先生说。

仿佛突然冷场了一样,一下子大家都安静了。过了良久,橙子说了一句:"谢谢你。"

橙子经常会在朋友圈里面晒一些和炮灰先生的合照,或是一起出去玩的照片。大概是他们在一起几个月后的某一天,她来对我说,炮灰先生想要和我们一起吃顿饭,我和小妞正好有空,就约着那周六的中午在学校附近的一个商场里见面。

我和小妞到得比较早,正在商场里随便逛着,小妞突然拉着我说:"渡渡,渡渡,那个人是橙子吗?"我顺着她指的地方看去,果然是大步冲我们走来的橙子,后面跟着我们从未见过真人的炮灰先生。一刹那间感觉炮灰先生是在追着橙子跑,可是橙子根本没有回头看过他,好像不怕他在人来人往的商场里跟丢了一样。

"不好意思,我来晚了,这个就是××,我的男朋友。"橙子冲我们介绍,口气平稳地像是在说今天的天气,倒是炮灰先生有点不好意思地笑了笑,冲我们打了个招呼。

午饭由橙子做主,选了一家港式餐厅。橙子和我们都很喜欢吃粤式点心,把菜单上的一堆主厨推荐都杂七杂八点了一遍。橙子最爱吃虾饺,炮灰先生就把自己的那一份也端到她面前,橙子的饮料没了,炮灰先生时刻注意到再帮她加一点。殷勤周到的程度让店里的服务员小哥都自愧不如。橙子表现得像是一个专业的客人,客气而疏离。

我和小妞努力地找话题聊着天,炮灰先生很专心地听我们说,时不时插上两句话,橙子一边吃一边和我们说话,在炮灰先生给她端茶递食物的时候礼貌地表达一句谢谢,除此以外表现得很安静。吃完饭,按照之前的惯例,我们掏出了钱包各自AA,炮灰先生制止了我和小妞,一挥手把自己的卡塞进了服务员的手里。

"今天是你的闺蜜们吃饭,我应该买单的。"炮灰先生很认真地说。

"呃,那谢谢了。"我和小妞有点尴尬,看了橙子一眼。只见她默不作声地低头玩着手机,我和小妞只好心里默默想:大不了下次请回来。

突然"叮"的一声,炮灰先生的手机屏幕亮了。小妞被声音吸引,扫了一眼之后,露出了一丝有点难以形容的表情,对橙子和炮灰先生说了句抱歉我们还有安排，谢谢今天炮灰先生请客，拉着我起身离开。

"怎么了你？"我问小妞。

"我刚刚看到炮灰先生手机上是个支付宝提示，橙子给炮灰转了一笔钱，按照她的性格，难道是饭钱？"小妞说，"而且你不觉得很奇怪吗？他们两个人，完全是男生一头热啊，看起来相敬如宾，可是橙子几乎一点情绪都没有，情侣之间哪有这样的。"

我这才觉得，橙子对炮灰先生的表现的确只能用相敬如宾来形容。以前看书的时候觉得这是一个好词，长大了才知道，真正恩爱的夫妻或是情侣，哪有是相敬如宾的，多的是吵吵闹闹，蜜里调油。把对方如同宾客一样对待，不是说明了根本把对方只当成了外人吗？

橙子和炮灰先生就这么不咸不淡地相处了两年的时间，当初热闹一时的群也渐渐冷清了下来，不仅橙子很少出现，就连初恋先生也很少来聊天了。每个人都开始专注起了自己的生活。今年春节前的时候，群里一个学姐结婚，想给大家发请帖，在群里问谁还在上海,橙子应了一声。学姐笑着问橙子要不要带男朋友,好方便她安排座位。

"我和他分手了。"橙子说。

这才真相大白。

"喂,你在想什么呢?"橙子在微信上叫我。

我从对橙子这段故事的回忆里回过神来,扔了一个5点。

橙子也发来了一个骰子的动画表情,骨碌骨碌转着,停在了4点。

"你最后悔的事情是什么?"我问橙子。

"因为想要放下一个人,而和另一个人在一起,结果伤人伤己。"

炮灰先生对橙子真的很好,而不幸的是,橙子从在一起的时候就没有忘记过初恋。炮灰先生出现的时间,恰好是橙子和初恋刚分手没几个月,橙子秉着气也要气死初恋的态度答应了炮灰先生的表白。她说网上看到有人说,想要忘了旧爱,无非是时间和新欢。

"都是他妈是坑爹的。"橙子恨恨地说。

在一起相处了几个月之后，橙子就有了分开的念头，没有感情的相处让她面对炮灰先生情话的时候显得分外烦躁。两个人之间的性格也并不合适，常常因为没有共同话题而冷场。可也许是贪恋炮灰先生的温柔以待，橙子一直没有下定狠心分手。期间橙子并非没有想过要和炮灰先生好好过，可是怎么努力都做不到。她很清楚地知道自己对炮灰先生的感情，感激远大于相爱。

这一下决心，就花了快两年。

新欢并不欢，旧爱在对比下，却更让人纠结。

"我知道没有办法弥补，除了说对不起之外无能为力，我心里有很深的愧疚，可是不代表我可以继续勉强下去，是我错误地开始，也该由我来承担这一切的后果。从来没有一种办法可以让你通过一个人来忘记另一个人，说到底，能这么想的我，还是太过于自私。"这是橙子最后的总结。

写到这里的时候，突然想起我的一个朋友，曾经也有过一场刻骨铭心的感情，他扮演过类似炮灰先生的角色，知道这样的貌合神离是怎样一种感觉。和前女友分手的一年后，有一个和他很聊得来的妹子对他表白,他思考了一下,还是拒绝了。虽然他对妹子也心有好感,却不敢确认自己是不是真的喜欢那个妹子,想和她在一起,还是心中的无聊和寂寞更多。

他说:"要和一个人恋爱之前,首先得确定自己准备好了么。"

在和妹子继续聊了几个月之后,他对妹子表了白,两个人成了一对逗比情侣,高高兴兴地在一起了,后来有人在他面前提过一次那个曾经让他纠结万分的前女友,他亦是很坦然。因为他可以确定,自己和妹子在一起的原因是真的喜欢对方,而不是因为排遣自己的无聊。所以没有别的因素可以动摇这份感情,前女友亦是翻篇。

大二一次聚会中的真心话大冒险环节里,我曾经问过另一个关系不错的朋友,为什么在读高中的时候会对班里一个女生表白。他说因为无聊啊,那时候身边的朋友们都恋爱了,只有他一个人还单身,也就蠢蠢欲动,很想尝试一下恋爱的感觉。至于为什么选这个女孩,是因为她恰好符合了朋友对于女友的要求,谈不上日久生情。

"还好她没有答应我。"朋友感慨地说。

单身的人总是在情人节或是光棍节这种日子觉得分外难熬。其实这一天，和无数平常的日子并没有什么两样，你越是在意它，你越觉得孤影自伤，你无心理它，它也不过是平凡的一日。

　　不要因为看到身边的人都恋爱了，你也因为害怕被丢下而去恋爱。更不要因为自己的寂寞，想要找一个人陪或者想要忘记一个一直挂怀的人，就随随便便拖另一个人下水，结果除了让自己更加纠结之外，也只会伤害另一个无辜的人。

就送你一场暗恋吧

放假在家,无聊得快发疯,和陈可两个人在微信上玩真心话,事先说好了一人问对方一个问题,通过剪刀石头布来决定谁先开始。我出了个剪刀,陈可出了个石头。

"哈哈哈哈哈哈哈",我放肆大笑。

她倒是很无所畏惧的样子:"你问吧。"

"你当初为什么会去哈尔滨,真的是为了去看雪吗?"我问了她一个埋藏在心中多年的大八卦。

"当然不是啊,我那是为爱走四方。"

陈可是我的同学,有着一双大眼睛和满脑子的奇思妙想。她很少翘课,规律作息,却会有时候出人意料地来一场说走就走的旅行。一次我和陈可约好去她寝室拿书,我中午下课,给陈可去食堂打了饭,晃悠着就溜达去了她寝室。我走到她寝室门口,发现门开着,我抬手敲了一下门,听陈可在里面大喊:"进来进来!"

我走进去的时候,她正蹲在地上的一个行李箱前面,一边从衣柜里拿衣服一边往箱子里面塞。

"你要干吗?这礼拜的课上完了要回家?"我问她。

"不是啊,我突然想去哈尔滨玩了,听说下雪了,还有冰雕,我刚订了张机票,今天下午5点的飞机。"她一脸自然地说,完全不顾我脸上露出的惊讶,继续维持着起身,拿衣服,放进箱子。

"大姐,你知道现在哈尔滨多少度吗?"我问她。

"我知道,不就零下嘛,我就去看看,从小到大我还没看过下雪呢。"

"哦,对了,你的书!"在我打算还说些什么的时候,她把书递给了我,然后一脸"你要是再啰唆我就不给你了"的凶恶表情,把我请出了她的寝室,我踉跄着离开,背后传来她兴高采烈的声音:"我回来的时候会给你带哈尔滨红肠哈!"

我下楼,出楼,横跨半个校区,走到自己寝室的时候才发现,她给我的书是《宏观经济学》。我回过神来,给她打电话:

"姐姐我要的微观经济学呢？为什么给我一本宏观的？"

没想到她说："里面的内容是对的，微观的封面太丑了，我就把它撕下来了，把宏观的给你黏上去了，不用谢！"

"我不是想谢你……"

"先不说啦，我要来不及了，走了走了，再见！"她挂了我的电话。

无语地翻开手里的书，看到扉页大写的微观经济学，再看了眼封面上的宏观两个大字，默默叹了口气，假装自己根本没有看出来是陈可不小心把封面给弄坏了来搪塞我。

等陈可从哈尔滨回来的时候，我已经因为拿着宏观课本坚持不懈上微观课而成功引起了老师的注意，老师对我很好，好到每节课都要点我的名字，让我回答几个专业问题，亲切地问我学习得怎么样，不能翘课，坐在哪个角落都没用，那是一种连正宗的哈尔滨红肠也无法抚慰我内心的伤痛。

陈可在那一年喜欢上了一个男生。那个男生是哈尔滨人，在我们城市的另一个学校读书。他们相识于一次兼职，男生有着北方汉子的高大，笑起来的时候牙齿很白。大概因为家里有人做牙医的关系，陈可从小就对牙齿白白的人印象特别好。兼职的内容是在一个婚庆展里看展台，作为打杂的，她和男生顺理成章地承担起买饭、买水的任务，如果有客人路过，还要负责冲上去发传单。

有天下雨，两个人一起出去帮人打饭，回程的途中陈可跑得急了，啪哒一声就摔了个四仰八叉，手里拿着的盒饭也飞了出去。男生看到陈可摔得那么狠，忙把东西放在一边把她扶起来，问她有没有事？陈可疼得龇牙咧嘴，裤子上沾满了泥水，两只手因为在水泥地面上撑了一下而擦破了皮，看起来挺可怜的。男生没有笑话陈可不小心，迅速把她扶到了一边的座位坐下，跟她说你别着急，我很快回来。然后就急匆匆地跑走了。

陈可在原地等了十来分钟，男生又回来了，带着酒精棉花和创可贴，还按照陈可打翻的盒饭又打了一份一模一样的。他蹲在陈可面前，对她说有点疼让她忍一下，拿出酒精棉花给陈可清理起了伤口。男生很仔细地擦干净了陈可双手上的污渍，再小心翼翼地盖上了创可贴。之后男生慢慢地把陈可扶了起来，自己一个人提起了两大袋饭菜，跟在一瘸一拐的陈可旁边亦步亦趋，生怕她还有什么不舒服的。

陈可忽然就有点心动了。

年少时候的爱情很简单,你会因为一句话,一个很简单的小动作喜欢上一个人,又或许只不过是因为阳光正好,而你恰好穿了一件我喜欢的衬衫。陈可说不清为了什么,非要说起来,就是男生当时照顾他的样子让陈可一下子感觉到特别温暖,对男生也就越看越有了好感。

兼职期间,陈可和男生互相加了微信,空闲的时候就瞎扯聊天,偶尔也会聊一下彼此的生活。陈可发现两个人聊天的时候意外合拍,又旁敲侧击了几次,证实了男生目前状态是单身,心下不由一阵窃喜。陈可习惯早睡,那个男孩是个夜猫子。有很长一段时间,她每天起床的第一件事,是刷一下那个男生的朋友圈和微博,看看有没有漏掉什么新的动态。男生是个体育控,每天刷的最多的就是各种足球赛事,很少有些别的蛛丝马迹。

又过了一段时间,恰逢一年一度的光棍节,陈可思考着怎么把男生给约出来,最好顺便问一问他的心意。她借口光棍节晚上欢乐谷有个活动,故作轻松自然地邀请男生和她一起去玩,男生答应了,说反正自己也是单身狗,不如一起去过个节。

光棍节的晚上欢乐谷也是热闹非凡,陈可一直表现得进退有度,真正演绎了什么叫作女哥们儿的"铁汉柔情"。路过一个许愿池子的时候，陈可叫住了男生，从口袋里掏出了一个硬币往池子里一扔，然后飞快地许了个愿。男生调侃陈可居然还信这个。陈可笑着说：要是灵验的话，信不信又有什么关系。

"你为什么不谈恋爱啊？"陈可问那个男生。

男生冲陈可笑了笑，张嘴说了句什么，夜晚风刮得太大，陈可一下子没听清，再问男生的时候，男生却不肯重复了，陈可的心里没由来的一阵不安。

大概过了几天，陈可看到男生分享了一篇文章，大意是说每个嘴上说不想谈恋爱的人，心里都有一个不可能在一起的人。

陈可如遭重击，但还是不肯放弃最后一丝希望，哆哆嗦嗦地纠结了半天，还是在这个分享下回复了一句："那看来你心里也有一个人咯？"还配上一个坏笑的表情，假装演得轻松写意，自带八卦之心。

"嗯，不过她已经有男朋友了，也没喜欢过我，所以还是算了吧。"男生说。

好了，这下真的彻底证明许愿池都是在瞎扯骗钱了。陈可恨恨地念叨。

陈可可以接受自己做个备胎，可是她不见得想做一个备胎的备胎。谈恋爱又不是在超市里面排队结账，前头那个人买单了之后就会轮到你。备胎和正胎从来都是两个世界里的人，不是你做得多好，等得够久，就要奖励给你一次在一起的机会的。

我们总是听人说自己喜欢一个人，为她做了许多，对方还是不感动，可是如果对方一开始就没有喜欢过你，你做再多也不过是徒劳，又为什么要为了别人的一厢情愿而感动？

陈可从来没有认认真真地暗恋过一个人，男生是第一个。她的理智告诉自己说要放下，要坦然，可是心里还是难免有放不下的执念。就连看新闻，看到哈尔滨三个大字都要心惊肉跳一下，脑海里浮现出男生的脸。不知道哪儿来的冲动，突然就想去哈尔滨看看，了解一下男生生活和成长过的地方。冬天的哈尔滨很美，到处白雪茫茫，陈可一个人在外面到处走走看看，听着偶尔传来的不熟悉的却和男生相似的口音，想起两人之间可能再也没有可能，心里又委屈又感慨，好像堵着一团火，要把那一场不知何起的暗恋焚烧殆尽。

陈可从哈尔滨回来之后就给自己下了死命令，规定自己不许再为了男生难过。男生并不知道陈可已经在感情上经历了一场悄无声息的大变故，还是时常来找陈可插科打诨。陈可依旧笑着回应，只是坚持着不肯让自己再动心。整个过程无异于一场自我折磨，暗恋的那个想要努力摆脱，被暗恋的那个浑然不觉，听起来就像是陈可一个人的独角戏，自导自演，自己扮演着施虐者和受害者。

毕业之后没有多久，男生告诉陈可，他要去参加婚礼了。

"是你喜欢的那个姑娘的婚礼？"陈可问他。

"嗯。"男生低沉地应着。

当天晚上男生更新了一张喜糖的照片，写着"祝你恩恩爱爱，白头到老"。

这似乎，又是另一个暗恋的故事了。

后来我问陈可："如果可以重来，你会选择不要喜欢他吗？"

陈可说："我从来都没有后悔过。能在青春里面认真地喜欢一个人，想要去尽全力展现最好的自己，无论对方能不能接收到这份心意，现在想起来，我也觉得满足。他知道或是不知道，其实对于现在的我来说，好像也没有那么要紧了。"

"那么，如果还能重来的话，你还会一样毫无保留地喜欢他吗？"我又问。

"我还是会一样地那么喜欢他。"她很坚定地回复。

暗恋大概是人生里面最甜蜜又悲伤的举动了。

你不知道啊,我每一天发的东西都要修修改改好多次,想要让你看到我的有趣,想让你知道我也在关注你关注的东西,想要说我很喜欢你,却也只能笨拙地暗示着自己想要恋爱。

看到你的更新,想要去评论,又怕显得自己太刻意。总要反复想很久,如何才能显得热切又得体,再装作云淡风轻地评论你一句。

你不会知道,我有多焦虑地一遍遍刷着手机,就为了等来你的回复。

我打开了手机里所有和你有关的 App 的消息提示,生怕错过你的每一条动态,每当右上出现一个小小的"1"的时候,心情都要紧张到爆炸,可如果那个发来消息的人不是你,一下子又会感觉跌落了谷底。

你不知道啊,有的人一天会看你微博和朋友圈 800 遍,心里暗暗庆幸那里不会留下来访的记录,没有人能看到我的心思。你也不知道,那个人偶尔也会难过,为什么微博和朋友圈没有来访的记录，让他不知道你有没有也来关注过他。

　　暗恋中的想念真是一件无力的事情，一个人在玻璃房子里面拼命喊话，却传递不到任何人，只能听到自己孤独的回声。你每一条更新我都会认认真真地看一遍，生怕错过了一丝一毫，想要多了解一点，也怕你突然有了别的喜欢的人。你不知道我想了你多少次，夜阑卧听风吹雨，铁马是你，冰河也是你。

　　在你不知道的时候，我已经在脑海中设想过与你度过了千万种的人生。此生无法站在你的身边，扮演一个爱人的角色，我唯一可以送你的，大概是你也不知道的那一场暗恋。有着我一个人的伟大和冒险，也有着我独自一人的落寞和不堪。总要折腾到了一个时间点，才能忽然发现，原来你的眼里，始终没有看到过我。

　　想要谢谢自己拼了命去喜欢过一个人，那种无畏的傻气，可能一辈子也只有一回。

　　也要谢谢你，赠予了我一场空欢喜。

!○
17岁那年，吻过她的脸，就以为和她能永远

姑娘18岁的时候遇到了自己的初恋。初恋先生有着高高的个子，棱角分明的脸庞，笑起来露出的牙齿很白。除此之外，初恋先生还是一个五月天的忠实粉丝，播放器里塞满了五月天的歌。第一次约会的时候，两个人走在路上，有些尴尬且羞涩地不知道该如何开始聊天。初恋先生从自己的书包里掏出一副耳机，连上了手机，塞给了姑娘其中一个。

"听听吧，这是我最喜欢的乐队。"初恋先生对姑娘笑着说，露出了一口的大白牙。

姑娘顺从地接了过去，初恋先生顺势握住了姑娘的手，十指紧扣，两个人在路上慢慢走着。耳机里传来阿信那段几乎人人都会唱的歌词："走在风中今天阳光突然好温柔，天的温柔

地的温柔像你抱着我。"姑娘低着头笑了，偷偷抬起头看了一眼初恋先生的侧脸，觉得心下无比稳定满足。手心里感受着初恋先生的温度，姑娘突然想："要是就这么一辈子都走下去该多好啊。"

可是后来啊，就像电影和小说里的那种情节，初恋先生又喜欢上了别的女孩。他对姑娘开始冷淡了起来，不再回复姑娘的微信，也不再接姑娘的电话。无数个夜里，姑娘一遍遍拨打着初恋先生的手机号码，却反复传来占线的声音。姑娘宽慰着自己说："一定是他那边信号不好，你不要胡思乱想。"可是再怎么努力地劝慰自己，姑娘还是敏感地发现，初恋先生并不是因为没有信号才不接电话的，而是那一个个姑娘疯狂想念着初恋先生的夜里，初恋先生也在用当初对姑娘的温柔，对着另一个女孩说起了甜言蜜语。

姑娘和初恋先生还是分手了。

姑娘忍受不住初恋先生给的冷暴力，给初恋先生发了一条分手的短信。这一次初恋先生没有玩失踪，而是很迅速地回复了一个"好"。收到短信的那一刻，姑娘立马就后悔了。眼泪夺眶而出。她不是真的想分手，只是想让初恋先生明白自己一直在等，等到快要失望了。姑娘冲出家门，坐上了往初恋先生家方向开的地铁，不到半小时就拍响了初恋先生家的大门，初恋先生出来开门的时候,看到一脸泪眼婆娑的姑娘也有些愣怔，一时之间不知道说什么才好。

"我们已经分手了。"初恋先生缓缓地说。

"我后悔了，我们能不能不要分手。"姑娘抱着初恋先生，流出来的眼泪浸湿了他的衣服。

"来不及了。"初恋先生咬了咬牙。

"你告诉我，我到底做错了什么，我可以改。"姑娘抱着初恋先生不肯放手，初恋先生也就这么直直地站着不动，过了良久，他幽幽地叹了一口气。

"你什么都没有做错，只是我们之间不合适。"言罢，初恋先生掰开了姑娘的手，还是头也不回地走了，留下她一个人，站在曾经来过许多次的地方,却觉得周遭的一切都无比的陌生。

姑娘知道，初恋先生说的，并不是我们不合适，而是他不喜欢她了。

那年大家还都流行玩人人网。分手之后，初恋先生删了姑娘的人人好友，可是姑娘拿着初恋先生的密码还是登上了他的账号，默默地看他的动态，和别人的聊天，和另一个姑娘的暧昧。姑娘反复咀嚼着初恋先生的每一句话动态,看着和他暧昧的姑娘充满甜蜜气息的回复。姑娘注册了小号,偷偷去和初恋先生暧昧的姑娘那里围观,看着看着才发现,原来一直以来,只有自己是被蒙在鼓里的那一个。她小心翼翼地扮演着一个围观者的角色,从不拿初恋先生的账号做什么多余的事情,自以为天衣无缝。姑娘也不知道自己是怎么了,可是却停不下来。

过了没几天,姑娘看到初恋先生发了一条状态说:"咳,我要改密码了。"别人都觉得莫名其妙,纷纷问他为什么要特意说这件小事。

姑娘却知道,这条状态,是初恋先生写给她看的。她再次尝试了一下,发现原来初恋先生愿意与她共享的那个密码,再也登不上初恋先生的账号了。姑娘突然之间意识到,原来她和初恋先生,是真的,切切实实地分开了。

而分开了以后,一句简单无比的话,都成了隔空喊话。每一句话,都是最后一句。

与初恋先生分手的时候正值盛夏,到了当年10月的一天,姑娘在网上看到了五月天要开演唱会的消息。只不过不在姑娘的城市，而是在另一个陌生的地方。姑娘不敢和家里说，谎称学校里有事不回家，刷光了自己卡里打工的钱，买了车票和演唱会的门票，一个人在双休日坐车去了演唱会举办的地方。

演唱会很嗨，场地的椅子似乎不是给人坐的，而是给人站在上面跳的。到了唱《温柔》的时候，阿信又玩了那个"给最想念的人打电话"的梗，姑娘拿出手机，拨了初恋先生的电话。初恋先生没有接。姑娘打了两个、三个、四个，打到第五个的时候，初恋先生还是没有接。姑娘默默把手机塞回了口袋，一个人蹲在自己的椅子上，和着歌声放声大哭。

那一次，姑娘对着手机里和初恋先生合照的照片说，你不是最喜欢五月天的吗，你为什么不接电话，你为什么不接电话，我还很喜欢你啊，你为什么不喜欢我了呢。一遍又一遍，可是姑娘的隔空喊话，初恋先生已经不会再在意了。

喂，你听得到吗？你为什么不愿意再听一听了呢，只要一句，一句也好啊。

她突然之间觉得有些累了，明知道尽再多的努力，他也无法回来，可是自己还是愿意一次次尝试，这么做真的有意思吗？谁说自以为的痴情，就不是一场犯傻了？姑娘泪眼朦胧地删了与初恋先生有关的一切,在"我给你自由,给你全部全部全部的自由"的歌声里,终于下定决心和初恋先生告了别。

大概过了好几年,姑娘开始了自己的新生活,已经很久都没有再想起过初恋先生。那次演唱会后,姑娘听说初恋先生和暧昧对象走到了一起,又过了没多久,听闻初恋先生再次恢复了单身。因为某些学校的事情,姑娘和初恋先生又重新联络上了,聊起近况的时候,姑娘说起了最近要去听五月天的演唱会。

"好羡慕啊,有机会的话让我听现场吧!"初恋先生说。

"好啊。"姑娘很爽快地答应了。

这次演唱会,姑娘仍然是一个人去的,她如约给初恋先生打了电话,不过那首歌,不是《温柔》,而是《如烟》。我曾付出我的温柔相待,哪知结局一切如烟。

"谢谢。"初恋先生后来发短信来说,"我那天单曲循环了一晚上。"

姑娘笑了笑,没有再回复。

7岁的那一年,抓住那只蝉,以为能抓住夏天。

17岁的那年，吻过她的脸，就以为和她能永远。

不会有一个明天，能再重来一遍。

人生最美好的时候，大概就是那时候，全世界的事情，你只用担心他是不是喜欢我，就足够了。

我们的人生里爱过别人，也被别人爱过。以为自己会永远走不出的事情，最后也都走过来了。谁都不会知道，再见的时候是会红着脸还是红着眼，还是这样没有任何波澜，可以互相笑着说说从前。长大了以后，越来越少那种一往无前的执着，见过了世界，发现世界那么大，也明白了自己的爱或者不爱，原来对别人是那么的小。

所有的年华，都是经历者的年华。如此才是独一无二吧。

那个人在心里，还是在风里，都已经不重要了。

身边的朋友，很多都已经和初恋分开很久了。他们有的仍然在彼此怀念，有的却选择了再也不见。当初说过要一起走到永远，最后却都输给了时间。想起那句台词，永远不是在现在也不是在未来，而是在我们在一起的每一分每一秒。也许后来我们都互相伤害，选择了再也不相见，成了一道无法揭开的伤疤。也许我们天各一方，各自生活，偶尔想念。

但是仍然需要相信的时候，你们曾经真的爱过彼此，也曾经真的相信,你们会有一天一起买菜做饭洗碗,晾衣服铺被子,有自己的小孩,到很老很老的时候,还能再在一起。不论最后能不能在一起,重要的是,曾经你们相信过。

"有一天,我不能再和你一起走下去了。但是,这不代表,我没有爱过你。"

!O
用一段时光，
换一次懂得

第一次听到"曾有一个人，爱你如生命"的时候，莫名其妙地觉得丝毫不感动。许是因为一直以来都觉得，无法判断别人对自己的感情是否真的如此深厚，也因此不敢妄言，怕是唐突了对方，更是怕自己尴尬。大概是每个人都有小小的自卑心，所以宁肯做扑火的飞蛾，也怕把自己误以为是那团火。

因此，我要说的这个故事，叫曾有一个人，你爱如生命。

其实这是一个很普通的故事，就像是我们所见过的许许多多的暗恋的故事一样。

Z是高二分班的时候喜欢上那个会跳舞也会画画的男生

的，他的名字里面有个字母T，就叫他T吧。其实暗恋的开始往往很简单，高中时候的暗恋尤其是，不需要任何冠冕堂皇的理由，只要一个瞬间，就会喜欢你。例如每天放学后你还留在教室做作业，低垂着头冥思苦想。而Z喜欢T的原因，只是因为某天中午她吃完午饭去别班找同学聊天的时候路过自己的教室后门，看到T正挽起袖子画黑板报，中午的阳光打在他的脸上，他认真的样子有些好看。仅此而已。

自从喜欢上了T，Z便找一切机会去接近他，机缘巧合，她发现T每周都会去学校的地下教室里练舞蹈，地下教室的角落里有一架钢琴，而Z恰好，学了多年的钢琴。"我可以去练琴么？" Z鼓足勇气地问T。"可以啊。"T不以为意地说。此后的每周，Z就拿着琴谱跟着T，一前一后地去教室里，她弹琴，他练舞，也不说话。他似乎并不知道，Z每周都带着不同的琴谱，弹着的却都是同一首《爱的旋律》，他也不知道，每次她在弹琴的间隙，都偷偷借着漆面的琴盖，看着镜子里他跳舞的样子。

高二那年的元旦汇演，Z和T被老师分到一起去排节目，两个人的交流渐渐多了起来，却也是仅限于所谓的"公事"，私底下并没有什么话。节目很成功，而结束之后，两个人又回归到了沉默的状态。高二下开学不久，老师把T的座位换到了Z的前面，两个人也渐渐熟悉了起来。"当初感动我的不是柯景腾在沈佳宜的婚礼上，而是沈佳宜拿笔戳着柯景腾的场景。"Z后来这么告诉我。大概那个时候，她想到的也是曾经让她执着看过的背影。

每个人心里都有一个别人无法取代的故事，也有一个别人没有办法描摹的场景，所以你永远都不知道，为什么有的人会莫名其妙地吃着冰淇淋就流下泪来，别人也不会知道，你为什么从此以后，都不再去看某一部电影。

高二结束的时候，Z决定出国，于是离开了学校，在家里复习考试，那时候的她，反而和T的联系渐渐多了起来。但是也仅限于普通的互相问候，虽然有人起哄过Z和T，但是却没有延续下去。Z拿到学校Offer的时候，第一个告诉的就是T。两个人就这么不咸不淡地维持着联系，直到高考，T发挥出色，考上了某所著名的院校。考试结束后的一天，T突然在QQ上对Z说："我们出来散步吧？""嗯，好！"Z很欢快地答应了。

走在学校附近湖边的时候，两个人聊着未来，说起Z要去的那个学校，也说起T考上的那个大学。突然有些沉默，Z想说什么，却也最终没有说。

在 Z 要出国之前，她在家里做了一桌子的菜，请了几个同学，T 也来了。大家玩得很疯，真心话大冒险的时候，有人开玩笑问 T，说如果在我们班的女生里挑一个，你会挑谁啊？Z 抬起头，眼睛亮亮地看着 T，他却打着哈哈混了过去。Z 的眼光又瞬间黯淡了下去。"他刚才小声说了你的名字呢。"在散场之前，有一个与 T 相熟的男生，在 Z 的耳边说道。那天晚上，Z 一个晚上都没有睡着。

临出国的前一天，Z 约了 T 见面，她送了一本写了很久的本子给 T，上面是她找来的一些句子，每一句的头一个字母连起来是一句话："I pray for the day to come that you suddenly come to realize I used to love you so strongly so deeply and so real."两个人说了一会儿话，在她转身打算离开的时候，T 叫住了她："喂，这个给你，提前祝你生日快乐，也希望你在那里平安。"T 从脖子上拿下来一块玉，递给了 Z。这块玉并不贵，却陪伴了 T 许多年，Z 攥着玉往家里走，一边走一边流眼泪。她也说不清自己为什么那么想哭，但是眼泪就止不住地掉了下来。

大一的时候，Z在美国，她意外在网上看到T的学校举办了一个类似于送礼的活动，于是她也就兴冲冲地去了，她送的东西很简单，却花了她很多心思。

"你知道NASA（美国国家航空航天局）有个项目，花10美元可以买一颗星星吗？"Z说这个故事的时候问我。我点点头。

"我就送了一颗星星给他，星星的编号是他的生日。"Z说。

她把资料全部寄给了活动的主办方，拜托对方打印出来交到T的手里。

"好奇怪，今天突然有人来敲我的寝室门，说有人送了东西给我。"T晚上在QQ上对Z说。"不是你送的吧？" T发了一个坏笑的表情。

"不是我，你少臭美。"Z假装毫不知情。

大一下的时候，他们的关系还是没有任何的进展，Z的暗示，T始终无动于衷。两个人的关系也仅限于平时聊天，像好朋友那样。有一天聊天的时候，"如果你在美国有喜欢的人了，要和人家好好在一起"，看到电脑屏幕上跳出的这句话。Z突然哭得不能自己。那些所有幼稚却真挚的感情，如果收获的只是一个"与我无关"的祝福，那么付出的意义，像是你拼命微笑讨好，却被狠狠打了一个巴掌。

Z下定决心，把这些年写的所有关于T的东西都整理出来，打了一个包，用一个陌生的邮箱发给他。在那些故事的结尾，Z写道："喜欢了你那么多年，我不喜欢你了。"没有人体会过她这些年的纠结，这世上任何一场暗恋，都是辛苦异常，也都是凶险万分，花了那么多的时间，可以伤害的只有自己。

"我不是不喜欢你。"手机屏幕亮了，是T发来的微信，"我只是想要用时间来确定，我对一个人的感情。"

后来的故事，用6个字就可以说完：他们在一起了。

再后来的故事，只要用5个字可以说完：他们分开了。

这场长达两年的暗恋，用5个月的时间就宣告了彻底的终结。争吵与纠结，还是走向了结局，再多的眼泪也挽回不了这一份的感情，也许从一开始，Z就知道这场感情没有结果，她和T的性格并不合适，他们的追求也并不相同。但是有些东西，你不去试一试，你不会死心。有些人，你不去爱一次，你也对不起自己。喜欢这种事，从来都是盲目的，盲目地去付出，盲目地受伤，盲目地分开，最后才能知道自己想要的究竟是什么。

Z在这场感情里为了T所做的，我的故事只写了不及十分之一。剩下的这些,我希望的是,你们自己的明白。Z花了整整两天,才说完了这个故事的梗概。其中的泪水和悲伤,以及其中的感悟和顿挫,不曾经历,亦不足以谈这些难过。我宽慰她,有些事情,早些经历,总比晚经历要好。

她发来一个微笑的表情给我,告诉我她现在很好。聊天的结束,她给我看了他们分手之后,T写的一篇日志,其中有一句印象很深:"我一直觉得,我不再来找你,我便以为你没有离开我。"

而她还是离开了。

可是她曾爱过你,比任何人都爱你。

前几天一个同学被一个女孩告白,有天晚上我们睡不着,就在QQ上聊天。"你觉得那个姑娘怎么样?"我问朋友。

"还行吧,我不会再做以前那种傻事了,后来的事情,如果有机会,那就交给时间好了。"他说。

同学曾经很喜欢一个女孩,在寒冷的冬夜站在女孩家的楼下,就是为了送她一份生日礼物,对她说一句生日快乐。而那时候,他们已经分手了。直到现在,女孩拜托他什么事,他还是义无反顾地去帮忙,简直是业界良心。可是与他相识多年,才知道曾经他并不是那样的人，或者说对别的前女友，他也不是这样的人。很多时候，我们觉得一个人在感情里冷淡，大概是因为对方不足以点燃他的热情。而越是这样的人，却越容易在某个人身上陷得很深。

记得那时候他们分手以后，女生被一个外校的人恶意抹黑，同学为了这件事直接找上了那个人，那个人不服气，一副有种你打我的架势。后来真的要动手了，那个人却害怕了，脚底抹油。后来他告诉了我们这件事，口气云淡风轻，像是谈论天气。可是我们都知道，很多事，也不必说，自然都懂。

曾经春风十里，亦不如你。

之前听 W 小姐说过，她和谈了十年的 Y 先生分分合合，甚至因为对方家里的不同意闹到自残。两个人走过那么多轰轰烈烈，最后还是分开了。他们曾经为了对方抛弃了当时自己的男女朋友而在一起，发生过无数的故事，此生难磨灭。松开手指的那一刹那，心里的感觉并不是缺了一块，而更像是被人拿去，打碎了，又胡乱拼凑在了一起。

之前也见过一个小孩，为了一段感情疯狂和犯傻，为了一个人哭一个人笑，为了一个人跑到远方，回来的时候却带着一身的伤。我曾经问她值得不值得,她告诉我,趁还能折腾的时候,拼命折腾吧。后来的一天,她哭着坐了一个小时的车跑来找我,告诉我说:我不想折腾了。我无语摸着她的头,告诉她,乖,那我们就不折腾了。

很久之前,我一直觉得哈利·波特里的那句"珍宝在何处,心也在何处"是一句误译,而"心在何处,珍宝也在何处"才是正确的。听了很多故事之后,我才发现,那句话并没有写错。哈利·波特是一个关于爱的故事,而我们的人生,终究也是写满爱的人生。那些珍宝,是你视如珍宝的人,让你痛苦难受,也让你如沐阳光。

每个人都有故事,每个人都不伟大。受伤不值得炫耀,也不值得自怜,这不过是人生里的一个过程,受伤,包扎,痊愈。下一次,再遇到一把刀子,你就不会再傻傻用自己的手指试一次刀口是否锋利。

"有些人闯进你的生命里,只为了给你上一堂课然后离开。"这句话并没有错。

爱过一个人,然后分开,疯过一段时间,然后醒悟。有些东西,没有经历过并不会明白,有些情绪,没有折腾过自己,也并不会知道自己想要的究竟是怎样的人，自己适合的，又到底是怎么样的感情。人生总是在不停地长大，含着砂砾，最后成为珍珠。多年以后回头，你会感谢当时那个奋不顾身的自己，虽然那时候的你，会觉得自己傻里傻气，可是人生不就是这样，青春也不就是这样，不求回报，不问前程。

用一段时光，换一次懂得。

曾有一个人，你用尽所有痴狂，爱他一如生命。

愿有一个人，让你收起铅华，用心陪他走过光阴。

10
分开后，彼此又出恶言

夏天是在第二次考研结束之后来找我的。

夏天和男友东子是大学同学，在大三的时候聊起对未来安排的时候，夏天决定读研，而东子则选择了出国。比起夏天第一次考研遭遇的挫折，东子的出国申请倒是办得很顺利。在东子准备出国的时候，他问夏天打算怎么办，夏天咬咬牙说："算了，再拼一年吧。"东子笑着摸了摸她的头，对她说："那你好好加油，我相信你一定会考上的。"

"我们在一起快要三年了。"夏天第一次对我说的时候，她和东子还没有分手，可是东子和她已经不像以前那么热络了，"可是我现在却越来越觉得我们会分开的。我们会吗？"

东子出国以后，两个人的联系也变得越来越少。往往她睡下的深夜,东子还没有起床。而她打算和东子好好聊一会儿的时候,东子正忙着去上课。夏天一个人在家复习苦读,心里时常能感受到自己的万分焦虑,总是担心自己会考不上,也担心东子有一天会突然提出分手。虽然东子什么都没有表示,还是像以前一样的耐心。在夏天跟他发泄着自己心里不安的时候,东子会安静地听夏天说完,然后温柔地安慰夏天,让她好好休息。即便是这样,夏天依旧敏感地觉得,东子身上有些东西不一样了,她也说不上来具体是什么,就是一种感觉,某种时候是用词的改变,也有的时候是东子不经意间流露出来的疲惫。

  夏天变得很恐慌,有天晚上做噩梦,梦到东子提出了分手,夏天从梦里惊醒,发现枕头已经湿了一大片。白天做题和复习的间隙,夏天时不时就进入了神游的状态,反复设想,要是东子离开了自己,那么自己会怎么样?一开始夏天很抗拒自己的想法,每次想到就会拼命地否定,再后来这个念头越来越频繁,夏天也有些坦然了。"如果真的有那么一天,只好说我们缘分不够吧。"夏天对自己苦笑,然后又在心里默念很多遍,"我们不会分手的,别乱想。"

  第二次考研前的一周,夏天的睡眠质量变得很差,经常整夜失眠。想要看书却又看不进去，脑子不停地滚动着"万一考砸了"这样的念头，她已经好几天没有和东子聊天了，东子没有来找他，她也没有主动去找东子。考试前的一天晚上，夏天纠结了很久还是弹开了东子的微信，对东子说："如果我这次考砸了，我们就分手吧。"

东子回复得很快："别瞎想，不会的。"

夏天说："谢谢。"

考试结束的一周之后，东子对夏天提出了分手，他撑不下去这漫长的异国恋了，说他不够坚持也好，说他懦弱也罢，夏天都很默然地接受了这个结果。

"大概是从那个时候开始，我知道我们肯定会分开了。"夏天对我说，"别人不会觉得有什么差别，可是我知道啊，以前东子一定不会这么说的，他会告诉我一定会考上，如果考不上他也会陪着我，然后说一大堆的话，其实他出国之后就一直很疲惫，我能感受到，如果不是我要考试的话，可能他就会提出来了吧。"

夏天的心情还好，没有太过悲伤，就是语气淡然地让人有点心疼。

"至少他真的喜欢过你，如果不是喜欢你，他根本不用顾忌你是否要考研，分手之后会不会很难过，而是在想分手的时候就提出来了。"我对夏天说，"至少，他还是愿意等到你考完研，也愿意在你脆弱的时候陪伴你，虽然你们不在一起了，但是他对你认真地好过。"

某次群聊的时候，因为一个汉子在群里爆了朋友和已经分手的初恋女友的一张拍得很丑的合照，朋友鲜有地大发雷霆。

据说初恋姑娘最讨厌被别人偷拍，还记得朋友当时在群里说的原话是："你们怎么黑我都不要紧，不要黑她。"

那次是他们分手多年之后偶尔的一次一起出去玩，爆照片的汉子偷拍了一张他们的合影，摄影技术相当"捉急"，把女孩子硬是从七分的颜拍到只剩下三分。

我没有见过那个女孩子，只是听说她和朋友经历了很多的故事，心下都有所眷恋，却是再也回不到从前。当时看到朋友那么生气的时候，脑海里面突然闪过一句话：

我们还是彼此相爱的，只是不会再互相喜欢了。意思就是，如果你遇到困难，我仍然会拼了命去保护你，但是如果你过得好，我很久之后再也不会和你联系。

2015年的时候胡歌爆红，有记者去采访他的前女友薛佳凝，薛佳凝笑着说胡歌现在太火了，她不便参与。而后胡歌参加了一档访谈节目，主持人和他谈起了薛佳凝，他叹息说："她很好，真的很好。"然后抬手抹了抹隐有泪光的眼睛。早年，胡歌出了车祸躺在医院，正处于上升期的薛佳凝推了手头上的工作，专心在医院陪伴胡歌。之后二人和平分手，仍然是朋友，却很少谈及对方。

有时候不免会想，两个人在一起，究竟是为了什么。是仅仅为了互相陪伴，还是更多的因为虚无缥缈的爱。以前经常会为了那些在一起很久结果却分开的情侣感到可惜，觉得既然都相处那么久了，为什么不能再继续相处下去呢？甚至身边的朋友里，也有不乏虽然分开但是对彼此仍有关心的。看到这种情景的时候，心里也难免会想，那么你们为什么不复合呢？后来人变得成熟了一点，才会明白，很多事情你不在其中的时候，就完全不会感同身受。

曾经有一次，看到一个人说，在分开的很久之后又遇到了她。

两个人坐在一起面对面吃饭，平淡的就像是一对普通到不能再普通的朋友,聊起彼此的近况,没有眼泪,也不会回忆从前,只是恰到好处的微笑,还有恰到好处的彼此了解,饭后他们一起去看了电影,散场后男孩子把女孩送回了家。

回到家以后,他看到女孩的朋友圈更新了一句话:青梅枯萎,竹马老去,自此我爱过的人都很像你。

也只是像你,却再也不会是你了。

人都是会长大的,对爱的理解,会从每天都黏在一起,变成遥相祝愿。分开之后,便没有必要再对分开的理由念念不忘了。脑海里留下的,都是美好的瞬间,那些曾经伤害过我们的,都最终化成了一条弯弯的大河,横在你我之间。不会有一条船让我们到达彼岸,只留下各自一端的风景。你看,我再也无法到达那里去闻一下花香,我唯一能做的,就是看着你那边的繁花盛开,然后祝福你安好,就像我记忆中那样好。

也见过许多情侣最后分开的理由并不美好,例如我一对朋友,在一起七八年,最后因为性格上的不合适而分手,女孩子拉黑了对方的所有联系方式。分手后不论男孩还是女孩,都没有在任何的社交场合指责过彼此。后来旁人也问过男生,男生说现在还是会思念对方,可是有时候觉得哪怕再重来一遍,自己未必会做得更好。不论多么遗憾,他这一生都会感激有姑娘陪伴的岁月。

在分开之后,彼此不出恶言,还愿意相互维护和保护,已经是最好的结局了。感情的事情说透了也是不足为外人道,就算把一切的前因后果都剖析出来,除了对他们两人外,旁人也不过是看个热闹罢了。既然已经不能在一起了,何必还要互相伤害。

虽然感慨多年的感情,一朝散尽也不过是那样。如果要责怪,自然是有着千万种的理由要去彼此埋怨,可是回首你们在一起的那些时光里面,至少曾经有一个时间点,你们是真心确信过对方会陪伴自己走完一生的。

我已经不能再以爱人的名义为你做事了,也不能再用爱人的名义来思念你。不论我和你,都要学着一个人在人海沉浮,要走过风雨的时分,去学会承担一切的残忍。那时候我们有了各自新的人生,失去了互相纠缠的意义。你成了我看完老电影,做了一场旧梦时会思念到的故人,可我们不会再相互联系,封存了在一起的时候的一切,直到过了很久很久,也许再也想不起对方的脸,不记得对方的名字,模糊了相处时候的细节。

在这个你我参演的故事已经落幕了之后,唯一还值得去记得的,是至少我们曾经真的相爱过。

10
在两个人的世界里，谁也并不比谁高高在上

1.

春节期间简直算是婚姻情感类吐槽的高峰。

微博上收到一个妹子的私信。按照姑娘的说法，她和男友的感情还算不错，男友很喜欢她，追了她近九个月之后姑娘才同意，到现在交往一年多了，男友提出了结婚的打算。

男友在国企工作，工作比较稳定，但是工作时间比较不靠谱，算是一线员工，空闲的时候一周才上一天半，忙起来的话一周上四天班，还要天天加班到很晚，家庭的经济状况也没有姑娘家好。姑娘自己在外企工作，工资差不多是男友的两倍。

"考虑到我上班比他拼命那么多，算下来其实也差不多。"

妹子如是说。

姑娘身边的朋友都一个个找了条件不错的男朋友或者老公，不管是学历还是家庭经济方面，姑娘因此也觉得有些介意。她举个例子类比了一下，别人家的对象家里可以全款买市值800万的房子，而自己男朋友家里大概只有200万可以拿来买房，而姑娘家给姑娘的陪嫁就有600万。又比如，男朋友是二本，姑娘是普通一本，而别人家的对象都是名校的研究生。

按照姑娘的说法，自己身边的朋友都不看好她和男友，而男友身边的人，都觉得他捡到宝了。

在这个故事里，男友对姑娘是真的非常好，只要有时间就会来找姑娘，哪怕仅仅是中午的午休，也会来陪姑娘逛街。大事小事全都听姑娘的意见，对姑娘也很大方。可是姑娘觉得，对方有1000给你花1000和对方有10000给你花1000的感觉是完全不一样的，并不是说在比较爱有没有多深之类的，而是前者给了她很大的负疚感和局促感。

当她收到男友送的LV钱包，第一反应不是好感动，而是开始担忧男友花了这么多钱，自己一个月的工资差不多就没有了，然后拼命给男友发红包，下意识地不想欠对方太多。可是如果同样的事情是自己的爸爸做的，姑娘会觉得还好，"谢谢爸爸，爸爸我好爱你"这样，因为对姑娘父亲的经济能力来说，这样的花销是可以承受的，而非像男友那样会影响到自己的日常生活。

姑娘絮絮叨叨说了一大堆小事之后，终于问我说："我觉得要结婚也不是不可以，可是他并不是我心中想要的那个良人，但是一时间我也没有更合适的对象了，我该怎么办？"

其实在姑娘说完的那刻，我的想法就是很单纯的"分手吧"。

从姑娘的叙述里感受不到她对男友的爱，而是反复在强调男友对她有多好。男友对她来说，并不是一个必选项，而不过是一个在需要结婚了的场景下的可选项罢了，只不过是权衡利弊之下让姑娘感受到了"他还可以"，当有更好的选择的时候，姑娘必定不会选择继续和男友在一起。

2.

一个妹子给我发红包，说是感谢当年我在她和前男友纠结的时候陪伴过她。此事过去已经快要两年多的时间，我劝她说不必再记得。妹子说虽然事情都已经过去了，可是现在回想起来还是觉得胆战心惊，越发庆幸自己分手对了。

妹子和上文的那个姑娘一样,都算是家世能力颇为不错的,长相算是可爱型。她提到的那个前男友脾气不是太好,两个人一言不合就开始吵。此外在消费观念上,彼此之间也并不太合拍。妹子家境比起前男友来说简直可以算大富级别,同样学专业技能,妹子家里给她买的都是最好的设备,而男友只能买一些相对质量较差的。她心疼男朋友,就想方设法地给男友补贴,帮男朋友买这买那,出去吃饭抢着买单等等。

可是男朋友并不领情,时间长了,还觉得面子上很尴尬,开始拒绝跟妹子一起出去,两个人为了各种小事纷争不断,最后男生提出了分手。

妹子很委屈地跟我说:"我对他都那么好了,从来没有嫌弃过他,为什么他不能对我也好一点?为什么他还要跟我分手?我哪里对不起他了?"

我抬手拍了拍妹子的头。

大概在他们分手的一年后吧,我和妹子的前男友有过一次交流,本以为男生会对妹子有点歉意,没想到他也是一肚子的怨气。各种抱怨妹子对他要求过高,出门的时候最好他完全按照自己的喜好来打扮,每天要给自己发很多短信,不然妹子就要生气不开心。男友还觉得妹子浪费,两个人出去吃饭,妹子总喜欢点好多菜,可是往往会吃不完。男生节约惯了,想要打包,妹子又觉得没有必要,反正带回宿舍也没办法加热,不如就算了云云。

"你说,我是不是实在没办法和她相处下去了?"男生说。

没想到在这段感情里,他们做得最正确的事情居然是分手。

在妹子的心里,和这样一个家境不好,脾气不好,各方面都是一般的男人在一起,自己已经算是各种委屈了,因此她其实也非常不理解,对方为什么非但没有感恩戴德,反而对自己还不是很好,要和自己分手。

乍一听姑娘的叙述,的确是觉得男生有些不懂感恩。

而在男生心里,他想要在自己的生活水准上找平等,女孩子却习惯了依照自己的标准来生活,还要强迫他一起到达这种标准,姑娘买的一切单都让自己的自尊心有点受伤。在他们自己对于这段感情的看法里,两个人都认为自己都没有做错。而事实上也不能以对错来判断这件事,只能说他们是彻头彻尾的不合适。

3.

这时候有人会问，这样的两个故事，是不是说明了家境差异的两个人真的不能在一起？这个世界上必然还有很多虽然家境有差别，但是仍然幸福快乐的例子。在这种例子中，除了我们常常念及的三观，最重要的是双方的心态。

在之前的两个故事中，两个女生都提到一个比较，自己将双方的家境、外貌、能力等进行比较，首先得出了一个"虽然你不如我，可是我还是对你好的"的结论，故事二的姑娘做得越多，就希望对方的感激越深，盼望对方能回报给自己更深的爱，以及更多无条件的百依百顺。相比和一个各方面条件都相当的男士谈恋爱，在这种"不平等"条件的感情中，男生一旦没有达到女孩子的期望值，女方心中的不满和失落会更加无限放大。

故事一的姑娘由于目前已经处于一种被男友各种关心的情况下，因此还会念及男友对她很好。可是如果这样的情况继续维持下去，姑娘自身的心态也会失衡，对男友不图上进的埋怨会变得越来越多。而如今热恋期可以无条件对姑娘好，对姑娘的埋怨都照单全收的男友,在将来还会一直如此吗?到了那一天,双方矛盾爆发,不过是一个认为我嫁给你已经是委屈了,另一个思及这些年你对我从来都没有真的平等过,结局无非又是一场悲伤的故事。

当你和一个差异颇大的人在一起的时候,首先确保自己是因为喜欢对方。在你真的喜欢他的前提下,必然是因为他身上有足够的闪光点吸引了你,让你足以忽略你们之间一些令人扼腕的差别。其次是不要把自己放在一个纡尊降贵的心态上,认为我都不在意你那么大的缺点了,你居然还接受不了我的小脾气?

无论双方是怎样一个物质环境,在你们两个人的世界里,谁也并不是高高在上。

感情从来都不是施舍,如果从一开始,在相处的双方心里,彼此就是不平等的,那么这样的感情,不要也罢。

PART 4

That's not because of no good in the world but of your limited experience.

你要得到的是
日出日落般的陪伴

10
人生已经很疲惫了，
何必在爱情上多矫情

老太每天早上起来，泡一杯茶放书桌上，然后安安静静退了出去，轻轻掩上书房的门。

估计是怕看见吧，家里老头的眼镜还放在桌子上，台历上写满了的字在2月底戛然而止，笔记本上记着明朝每个皇帝的年号和名字，哦对，这是我借给老头看的《明朝那些事儿》，他看完以后记的笔记。老太关上门，开始一个人做早饭，等钟点工来打扫，开着电视，有的没的地看着，直到晚饭的点儿再被我妈给挟持到我家，吃完晚饭再回去看看电视泡个脚，睡觉。

偌大的屋子，突然就空了，静了，那个和她好好说话的人，不见了。

我以前不懂，为什么有人说到《项脊轩志》里面那句"庭有枇杷树，吾妻死之年所手植也，今已亭亭如盖矣"的时候会那么难过，现在明白了，物是死物，人是活人，死物历数百上千年而不朽，人却不过百年，东西还在，人却走了，是一件多么触景生悲的事。

在认识的人眼里，老太这辈子的标签就是运气好。当然，运气好还有另外一个意思，叫没用。

老太是个幼稚的人，有时候幼稚得我都受不了。虽然年纪一大把了，但是一直都没成熟过。女人啊！年轻的时候遇到个能把自己保护得很好的男人就会变成这样。老头太能干，家里上上下下里里外外都能一手包办，老太只好靠打扫卫生来发挥余热了。但是以家里一尘不染为目标的人都会有个通病，就是啰唆，有一年吃小年饭，老头煮鸡汤年糕的时候火开大了，鸡汤洒出来一些，就这事儿老太念叨了好几天，最后老头毛了："你再说我就离家出走你信不信！"老太这才不甘不愿地住了嘴。

我们一家最怕老太出门买东西，而这个怕，和钱没有任何关系。身为一个购物爱好者，老太是非常喜欢逛街的，买衣服买皮鞋，有时候也会买些奇奇怪怪的东西回来，例如花瓶。但是买的时候瞧着好，买回来以后总觉得这儿那儿有些不满意了。想去换了或者去退了，一个人又不敢，就死活拖着老头去陪她，名曰参考，实为壮胆。我有时回家给他们带了东西，去敲他们家门无人应答，就明白老头肯定又被拉出去了。

去年6月初，老头查出了肺癌晚期，老太一听医生说要和我爸单独谈一下，就吓得腿软了。老头倒是没说什么，后来我爸对老头说是因为长期的慢性支气管炎才会引起的咳嗽，老头点点头，一脸深信不疑。虽然他总在背地里对我说："囡囡啊，阿爷这次估计是挺不过去了，不过你不要告诉你爸爸哦。其实你们我都放心，最放心不下的就是你阿娘。"我说他胡说，他就冲我笑。想起来总是难免有些心酸，老头聪明了一辈子，明知道小辈是在骗他，可还是很高兴地假装自己真的什么都不知道。

老头走之前的两个月，他带着老太去了一次医院，告诉老太平时常用的那些药是怎么配的。然后对老太说："我带你走过一次，你要记得哦，以后我不在了，你自己要照顾好自己。"

老头一米八，老太才一米五。老头病到后来，晚上基本很难入睡了。腿脚也没什么力气。半夜里他说要去上厕所，可是又走不动，老太就抱着他，背靠着墙，把老头一点点地挪到厕所里。今年过年的时候，有几天，老头的妹妹，我的小姑奶奶，从宁波来上海看老头，给老头做了几个菜。那时候老头已经吃不了多少东西了，每顿大概可以吃一小碗的饭，菜也吃不下多少，肉食基本上不碰。要说人年纪大了，总有些避讳，怕是生病会传染似的，老头碰过的菜，小姑奶奶就不会再动筷了。

"可是我又怕什么呢？他是我的老头子呀，他吃了一半给我吃，我也照样高高兴兴地吃，我不吃他要不开心的。"老太是这么跟我说的。在一起生活了近50年，她总是胡闹的那个，他总是包容的那个，可是到头来，谁说包容不是相互的呢？说是至亲至疏夫妻，疏离的自不必说，亲近的却早已化为血肉一体了。其中情意，更胜却血缘骨肉。

3月6日晚上，我们将老头送到医院，他已经糊涂了，不时地说着胡话，叫着我们的名字。老太在他旁边守了很久，大约11点的时候，爸妈劝老太先回家休息，我和老公还有我爸留下继续照顾。老太依依不舍地同意了。老太回家以后，我坐在老头的床边，瑞金的急诊室人多得像是个沙丁鱼罐头，满满都是垂死的气息。突然感觉身边的老头正在奋力想要坐起，我忙问他怎样,他指着前面一个背影喊老太的名字:"杏英!杏英!"

我一看,是个老太太,有着和老太差不多的身形,就连发型也差不多。

"杏英现在已经回家了,她明天早上就来看你,你好好休息一会儿。"我拉着老头的手对他说。

"那她明天会来吗?"老头殷殷切切地问我。

"会的会的,一大早就来了。"我说。

老头这才"嗯"了一声,然后继续躺下去休息。

这个故事我没敢和老太说,怕她受不了。

以前老头经常会跟我说他和老太年轻时的事,别人介绍的,拖拖拉拉谈了好几年。老太家里条件还不错,老头家境一般,但是工作能力强,也能挣钱。"我没那么喜欢她,是她一直追着我不放,后来时间一久就想,算了,你奶奶也还不错,就她吧。"老头说起这段往事的时候眉眼间颇为自得,一度给我带来了无数"He's just not that into her"的错觉。

直到他走的时候,我才发现老头是在跟我吹牛,其实啊!老头是真的爱老太的。只不过那种爱,不像我们现在所表达的炙热，充满了山无棱天地合你不在了我也不活了，而是春风细雨般的，有时候你嫌他寡淡，可是眉眼之间，都是绵绵。

今朝执子之手，愿今生与子偕老。你的一字一句，都在我心里变成了歌。曾爱慕你青春欢畅，后来也虔诚地爱上你的灵魂。

老头虽然不在了。可是想起他的时候，老太总还是笑意多的，毕竟多年来，总是快乐多于痛苦。而相爱这种事情的奥义，也莫过于此。人生已经很疲惫了，又何必在爱上过多矫情，故作姿态。

这一辈子，无非遇见一个人，然后过一生。可以过得快乐，就是最大的福分了。

"你啊，要活很久很久，久到和我看遍了所有的风景，吃过了所有想吃的食物，读完每一本想读的书，才能在睡意沉沉的黄昏，带着微笑离去。"

!○
在爱的人那里，
看到自己是谁

嘚瑟青年小王最近乐滋滋地把微信名字都改成了心有所属，我们吐槽他又开始虐狗，小王笑眯眯地说："哎呀不是我想改，是我女朋友让我改的，不改她说不放心。"话音刚落，biu 的一声单身狗小方已被虐哭。

我去，这孙子什么时候成了这德行了。

大学时代好歹还是个冷酷帅哥，每到学期末总会收到学妹鼓足勇气表白的电话短信若干，从不为所动，问起来就是一脸冷淡："呵呵。"一度我想介绍两个帅哥给他认识，结果依旧被他拒绝，一脸无辜的当事人对我说："别闹，老子真的是直的。"

"我不信。"我很认真地看着他。

"滚。"

曾经听他的室友说,丫也不是没谈过恋爱。以前谈了个冰美人,美是真美,冰也是真的冰,三棍子打不出一个闷屁,永远都是恰到好处的客气礼貌与不动声色的拒绝。两个人在一起不像谈恋爱,像是两个陌生人,坐一块儿吃饭,都是彬彬有礼的"谢谢""麻烦",不是别人说的那种相敬如宾的感觉,倒是写满了不熟。和冰美人在一起1年,小王也成了个机器人,直到后来分手,也没有缓过来。

大概过了1年多吧,小王才认识现在这个傻妞,活泼开朗,热情洋溢。一眼看上了小王,不懈地倒追,最终将小王拿下。一开始两个人在一起,总觉得有些不得劲,像是一个火系一个冰系,朋友们在一起私底下总是揣测,说这两人长不了。也有人或多或少地暗示傻妞,不要太委屈自己,热脸贴冷屁股终归不好。

也不知道哪顿饭局开始,我们发现事情有了微妙的变化,小王渐渐没有了那种一脸我和世界不熟的表情,开始露出了搞笑的一面，陌生人都能感觉到的冷淡变少了，开始主动地绕着傻妞转了。换上了情侣头像，买起了女朋友热衷的零食，等等。作风判若两人，事必有妖。小王自己都说不出个所以然，只是觉得这样子挺快乐的，和以前不一样也没什么要紧啊，开心就好了。

在我写这篇日志的时候，小王和傻妞已经将婚事提上了日程。有时候我们常会感慨人生真的很神奇，一些你觉得不可能的、不会发生的事情，居然也就这样的发生了，你觉得像一座冰山那样的人，居然也能变成火山。

昨晚和某个文艺青年聊天，说到他和女朋友也经历过分合，如今他们在一块儿的时候感觉就像一个人，不是那种如胶似漆的意思，而是特别的契合，能在对方身上看到自己的影子。

我说有句特别俗的话形容你们，叫爱上一个人不是因为他是谁，而是在他身上你能看到你自己是谁。

文艺青年以前写过的文字真的是骚气得不行，可是他昨天突然对我说，他觉得他再也写不出以前那种渴望的味道了。和他心爱的姑娘在一起，他只想稳稳定定的，想着买菜做饭和她好好生活，觉得这就是自己最期待的状态。可是他也知道，只要他说想去这世界闯一闯,姑娘也会义无反顾地跟他一起前往。

我说挺好,一万个好文章,都比不上身边的一个好姑娘。

《匆匆那年》里有一段,陈寻和沈晓棠在地下通道里跳舞,旁白里陈寻说,方茴是他的陆地,而遇到了沈晓棠才发现,沈晓棠是那只和他一起飞的鸟。后来他离开了陆地,选择和鸟一起飞翔,最后却发现,他总要回去栖息。可是他想回头的时候,大陆都漂移到了另外半球。

你说傻妞是小王的方茴呢?还是小王的沈晓棠?

你说文青的妹子是他的方茴呢?还是他的沈晓棠?

都是。

不知道什么时候起我们有了一个臭毛病,喜欢把人分为两类,红玫瑰或是白玫瑰。有了那朵白玫瑰,就偏糟蹋成乌糟糟的白米饭,假模假式地想着那颗朱砂痣;等有了红玫瑰,又说那是一摊蚊子血,心里念念不忘天上的白月光。

可是,谁告诉你的,一定要去分青蛇和白蛇呢,又一定要去分法海与许仙?

只有没有经历过磨练,亦无勇气去改变的人,才会顶着一个名头一个身份过一生,然后再无限追悔失去的感情。

说到底,人的一辈子都在不停地找自己,我是什么样的?我又该是什么样的?又难免被一些亲密的关系框死,对方希望我成为怎样的人,我就要努力去成为那样的人,可是你真的往别人期待的方向去了,你又要问自己是不是真的快乐。

谈恋爱也是一样的,大多人都觉得我们要找个如何如何的人,或者在感情里我应该成为一个怎么样的人,最后只能把自己限制住。直到分开的时候,都没有发现自己错在哪里。人本来就是会变的,雄心万丈和告老还乡的本来就是同一个英雄,你爱的人不会一辈子都那样,你自己也不会。

相爱如果意味着陪伴,那么陪伴着一起改变,去接受,去理解,去给予时间和耐心,不要在一开始不满意的时候就想放弃。

不知道你们有没有见过那些长久相爱的人们,他们在爱情里从不是只有一面的。没有一个人会说自己只是某一个颜色的花,而是早在你期待飞翔的时候愿意陪你一起闯荡,在你渴望平静的时刻与你洗手羹汤。

这,才是相爱应该有的模样。

01
我不是想结婚了，我只是想嫁给你

高中时候第一次遇到杨小姐，她梳着那种可以被称为非主流的发型，耳朵上戴着五个耳钉，坐在我的前面。杨小姐的形象，在当时没有见过"不良少女"的我们眼里，实在是酷炫到不行。由于座位离得近，课间的时候我们前后四个人经常在一起聊天，有时候也经常说到未来，谁会先结婚，谁会先生孩子，顺便再吐槽一下彼此对男朋友的要求。

"我肯定不会结婚的，没这个打算。"杨小姐狠狠地说，一脸的不婚主义者的样子。

"少来，一般说不结婚的肯定都是最早结婚的。"我们三个异口同声地说。

杨小姐很漂亮，脾气又好，那时经常做三明治给我们吃。追她的人从来都不少，只是她都不喜欢。当时觉得反正年轻，还有大把的时光，再说课业繁重，也无暇顾及那些事。不过有男生给杨小姐表白，我们还是很兴奋的。高中女生往往无所事事，除了做作业就是扯八卦。这个帅那个丑，谁又对谁有好感，甚至还有什么"二女争夫"的戏码。

高二的时候，E先生出现了。其实E先生一直都和我们一个班，坐在杨小姐的前面，平时也不怎么和我们说话，如果不是他对杨小姐表白，那么多年以后的今天，他仅仅就是毕业照上的一个人脸，可能连名字都被我们忘到了九霄云外。

没有人知道为什么那么多前赴后继的追求者中只有E先生成功了，我们自然也不知道为什么杨小姐偏偏就选中了他。不过这么多年过去，两个人还是好得如胶似漆，羡煞旁人。

高考之后，E先生和杨小姐考进了同一个城市两端的两所大学，路程大概需要两个半小时，地铁倒公交再倒小巴，最后还要靠步行。E先生心疼杨小姐，总是自己跑去看她。双休日两个人也总是黏在一起。每次出去吃饭，总是挑杨小姐爱吃的点。见过所有家长，她为他洗手做羹汤，他为她花尽心思，他们的默契在互相相望的一眼，在不需言语的每一个分秒间。

想来想去，似乎也没有什么很特别的惊天动地的事情可以拿出来写，只能说，一切都在不言中。

仔细算算，两个人在一起已经快要五年。想到当初他们在一起一年的时候，问起杨小姐有没有结婚的打算，她总是说"到三十岁再说"，过了几年，便改口成了"二十五吧"，如今问起她，她的口吻已经成了"你不来我的婚礼我掐死你"，俨然一副毕业结婚，待嫁新娘的甜蜜模样。

当初利落的短发，早留成了黑长直，穿着白色的毛衣坐在那里，眉目恍然如画。

如果当初杨小姐遇到的不是 E 先生，那这个故事又会怎样呢？世间之事，真的不过都是机缘巧合。让杨小姐开始打算结婚的，并不是家里人的催促，老人的期盼，而是 E 先生这个人。

很多人都说，还没有准备好结婚，也许欠准备的不是心情，而是一个让你确定下来的人。一个你不介意在他面前展露不完美一面的人，同样，也是一个让你准备好接受他的不完美的人。

想想这世上的很多事，都是这样，结婚和做菜也差不多，时候不到，火候不到，有再好的食材，也做不了好菜。那个人不出现，或是出现了你们不愿意去磨合包容，纵是郎才女貌，也勉强不来婚姻。

一直都觉得在看过所有名家说的情话中，最美的还是钱钟书老先生的那句：在遇到她以前，我从未想过结婚的事，和她在一起那么多年，从未后悔过娶她，也再未想过其他人。

钱钟书遇到了杨绛，沈从文遇到了张兆和，三毛遇到了荷西，E先生遇到了杨小姐。

而我遇到了你。

"春天来了，你也想结婚了吗？"

"我不是想结婚，我只是想嫁给你。"

一场昂贵的婚礼有多重要

昨天晚上和朋友聊天，说到 Angelababy 和黄晓明大婚，朋友圈和各个公众号推送轮番刷了好几天的屏。严肃地说，即使男子力如我，根本对玫瑰花无感，但看到那满场满场的花墙，也不由感觉美到词穷。朋友恰好最近有结婚的打算，Angelababy 结婚前她还说觉得办婚礼没意思，朋友家人们聚一次吃顿饭就好了，劳心劳力干什么。

可是昨天口风突然就变了！

"管他花多少钱有没有意思啊！'劳资'就是要当一整天的小！公！举！"

我默默替她男朋友兼未来老公点根蜡。

一个要花很多钱的婚礼,真的很重要吗?

之前参加过一场婚礼,预算也不是很高,不过现场的每一个细节都是新郎自己设计的,包含了他和新娘从认识到结婚的各种温馨小故事,慢慢的"回忆杀"。新娘平时工作很忙,婚礼的事情大多交给了新郎负责,结果结婚那天,每个流程都成了催泪弹。

宣誓的时候,新郎一脸严肃地说:"我知道我还不能满足你对婚礼的每一个幻想,可是在未来,我愿意尽我所能,满足你对婚姻的一切美好期盼。"新娘一下子忍不住,顿时哭到妆花。这场婚礼严格来说,花费不是很高,T台不够长,现场布置也不算上档次,酒店也只是很一般罢了,可是这次的婚礼因为新郎的用心,反而让人印象很深刻。

后来过了没多久,又参加了一次远房亲戚的婚礼,酒店也是一般的酒店,婚礼更是有种草草了事的感觉,在签到台后面坐着无精打采的伴娘和伴郎,新郎和新娘就是流程化地倒倒香槟,切下蛋糕,宣誓的台词也是网上摘抄的。全程司仪说得最多的话就是"大家给点掌声",死气沉沉,乏味不已,等婚礼结束一小时后,我已经完全忘了新郎和新娘的长相。

对于大部分妹子的内心来说,婚礼是个辛苦谈恋爱的里程碑,是超龄少女到不得不成为妇女的分界线。就连"霸道总裁爱上我","霸道王爷爱上我","腹黑太子爱上我"之类的文章里,作者都不会吝啬笔墨来描述一场盛大的婚礼,王爷总裁一挥手送个几个亿做聘礼,京城最好的绣坊里几十个顶尖的绣娘用金线锦缎做的凤冠霞帔,一上身就够普通人家吃三年,十里红妆锣鼓喧天。

当然,随着科技发展,现代社会婚礼的流程从婚纱照就开始了。

有钱毫无疑问可以做出更好的效果。毕竟10万的和1000块的婚纱照,3万的婚纱和300块的婚纱还是有很大差别的,而桌上的塑料假花再怎样也没有鲜艳欲滴的真玫瑰美丽,可是比起单纯地花钱,更重要的是为了让新娘感觉,自己是真的被爱着和重视着的。她喜欢的灯光,喜欢的音乐,捧花的造型,婚纱的式样,每分钱要花出让新娘有"我嫁给这个男人值了"的感觉才是最重要的。打个比方,Angelababy和黄晓明结婚的时候,如果黄晓明用的现场装饰不是Angelababy最喜欢的玫瑰,而是别的花,就算花了2个亿,Angelababy大概都会被气哭。同理,不论教主舞跳得如何,如果准备的节目不是Angelababy喜欢的某某某的舞蹈,而是唱了个我在东北玩泥巴,你觉得就算王菲、那英、刘欢、韩红、莎拉布莱曼、席琳·迪翁一起都来大合唱,Angelababy会开心吗?

是你,你会开心吗?

在婚礼上听到在东北玩泥巴,是会想死吧。

1月份的时候,我去参加表姐的婚礼,现在一般的流程都是三个环节,第一部分的时候穿主婚纱,第二部分换件礼服,第三部分换个旗袍或者轻巧些的方便敬酒。结果到第二部分的时候,表姐穿着旗袍就上场了。等婚礼结束才知道,出门的时候匆匆忙忙,结果把礼服忘在了家里没带出门,只好拿着敬酒服凑数。可是婚礼还是顺顺利利热热闹闹地结束了,表姐和姐夫开开心心地出国度了蜜月,至于那件忘拿的礼服,最后不过是他们生活里的一个段子罢了。

去年筹备婚礼的期间,我和办公室的姐姐一起吃中饭,她前几个月生了个大胖小子,刚回到办公室工作。当一众人聊着婚纱照、蜜月和酒店的时候,我们问她有没有什么经验,她笑着说:"没有啊,我和我老公拿办婚礼的钱狠狠去旅游了一圈呢。"

我还有些吃惊:"你们不办婚礼,家里人没想法吗?"

她说:"搞定我老爸就行啦,结婚嘛,最重要还是我们开心啊!"

关于婚礼这种事,其实不论多么努力,都会有遗憾的,试过了西式婚纱,也会想试大红花轿,试过了教堂宣誓,也想试试拜天地父母。这次浪漫唯美,说不定搞笑逗比风格也想尝试,可是对大多数人来说,结婚也不过是一辈子一次的事情。

爷爷说他办婚礼的时候,正好是"文革"前夕,他和奶奶两个人就在饭店里请了一桌同事,连家人都没全部赶来参加,准备了一兜子糖,每人发了几粒。可是也不是照样开开心心地过了几十年。

一个婚礼是否完美的重要性,大概和新郎新娘双方有多相爱成反比。感情足够好的时候,一些不完美的小插曲就是婚后生活中的好笑回忆,感情不够好的时候,再完美的婚礼也不过是个笑话。

最后分享个有关婚礼的故事。

我结婚那天临近国庆节,酒店一整面的玻璃幕墙外是外滩江景,正好窗外在试放烟花,花团锦簇,喜庆非常。

老公拉了拉我的手,指着那个烟花对我说:

"你看,这就是朕为你打下的江山。"

"滚。"

10

你有着对爱情的憧憬，
也别忘了对婚姻保持清醒

年初的时候在宽带山社区上面出现了一个热帖，一个28岁的上海女白领，家境小康，和男友恋爱1年，感情尚可。男友优缺点都有，优势主要是长相不错，工作能力强，而缺点在于家境不好，近两年无法买房，也不是上海人，这一点与女生父母想要独生女儿不要吃苦的诉求相违背。在春节的时候，男友强烈要求带着女生一起回家乡过年，女方父母反对，可是女生还是同意了和男友一起回江西老家。经历了火车，转车，再坐了拖拉机之后，女生有点晕车，到男方家里吃饭的时候，发现男方的家境比自己想的还要糟糕许多。

在帖子的表述中，女方只贴出了的晚餐的照片，从中看出男友家里灯光比较昏暗，家具相对破旧，菜色不精致等问题，由此能推断男方的家境的确是比较差，至少远低于女方的预期。导致女方当场对男友提出第二天要回家的要求，男友表示如果女方这样回去的话就等同于分手，女生表示同意分手。

关于这样的一个帖子里，排除了很多地域黑之外，也除去女生的行为的确很不礼貌之外，必须要认同的是分手对双方的确是一个正确的选择。可以预想的是，从女方坐上拖拉机往男方家里前进的那一刻起，脑海里就开始自动播放和凤凰男结婚的悲惨故事，自己家付首付，老公工资拿来贴补婆家生活，以后说不定还要照顾婆家亲戚，怀孕生孩子要被指手画脚等等各种天涯婆媳板块吐槽帖中描述的生活。

这种时候，很多人开始纠结菜的好坏，还有意义吗？整个故事里妹子的重点，真的是在这桌菜不好吗？哪怕不是鸡鸭鱼肉，而是鲍参翅肚，也不会改变女生心里的介意。很多人谈诚意，的确男生的家里是很有诚意，可是女生要的是现实。可能男友家里有1000块，的确拿了900块出来给女生准备了这顿饭，但是对她来说，并不能指望着仅剩下的100块过日子。

她在意的哪里是这顿饭，而是这一切表象背后所揭露出来的贫穷和许多悲惨事例做过预警的未来。在这个故事里我们谈论的也并不是爱情，而是婚姻。从一开始，女主就是奔着结婚的目的去的，她渴望的是安稳生活，故事里面有一套房子，为父母养老，买买喜欢的化妆品和衣服，偶尔有机会出国旅游一下，再买点奢侈品跟小姐妹一起光鲜亮丽地喝下午茶，再以后生个孩子，给小孩喝进口奶粉，去重点幼儿园。从道德方面给她绑上枷锁毫无意义，人都往喜欢高处走，女主一开始也不见得期待嫁给大富大贵的人，不然根本就不会开始这场恋爱，但是她不能接受去降低自己现有的生活标准来面对以后可能存在的纷争。

说到底，她不过是突然遇到了一个契机，让她明白了自己并没有那么有勇气。

以前的一篇文章里，曾经谈论过在两个人的恋爱过程中，很多问题看似和钱没有关系，其实说到底还是钱的问题，想要好好在一起，必须有着相近的消费观念。而这个故事里，这个问题不过展现得更加鲜血淋漓。从两个人的金钱观念的较量，变成了两个家庭之间的博弈。而更深的，是对于生活根深蒂固的观念的斗争。

给大家讲一个不那么愉快的故事吧。

家里父母辈有个做生意、开工厂的朋友，年入千万，膝下唯有一个独生女儿。姑娘当初看上了一个穷小子，父母不同意，认为双方家庭的差距比较大，而且恋爱期间一直都是女孩子在花钱。后来女孩子坚持说要去上门，她爸妈心想，让她去看看也好，说不定就死心了。但是虽然这么说，还是帮她准备了名烟名酒等各类礼品，让姑娘不要失了这个礼数。

等姑娘上完门回来，她爸就问她了：男方爸妈呢？他家里情况怎么样？你今天去上门的时候，人家怎么说？给你见面礼了吗？

女孩子摇摇头说：男方家里的条件的确不是很好，家长没有给见面礼，可是男方的父母对她很客气，问了她挺多家里的情况，招呼她一起在家吃了饭，也不让她洗碗，以后一定会对她很好。

姑娘她爹听完之后只觉对方有点不太真心，毕竟红包不在于多少，至少是个态度，听到姑娘对对方家里的描述，越发不肯同意了。没想到姑娘居然也不知哪里来的火气，为此和父母大吵大闹，哭喊着父母对穷人家有偏见，威胁父母说：如果不让她嫁给那个男生的话，她就宁愿去跳楼。折腾得厉害，整个人都瘦了一大圈。她爸妈闹不过她，最后只能勉勉强强同意了。

双方父母商谈结婚事宜的时候，女方父母提出说既然你们家经济状况不太好，我们家又有闲置的房子，那么婚房，装修还有家具家电全部我们来出，婚礼酒水的钱也我们出，另外给女儿100万的陪嫁，男方家里也不用一模一样了，只要给一辆车子的聘礼就行。

　　男方父母两手一摊说：没钱，你们家有钱，你们给小夫妻买车吧。话里话外的意思都是觉得反正女方家里都那么有钱了，也不差这十来万。

　　而事实上，根据后来的故事得知，男方父母都有工作，也有积蓄，并非拿不出一笔买车钱。

　　女方父母有点不太高兴，回到家跟女儿说没有这么倒贴的，对方这不是没有钱的问题，是态度不把她当回事。希望女儿可以想想清楚，不要冲动。但是没想到女儿坚持认定那个男生是她这辈子的真爱，怎么都不肯放弃，还坚持认为对方的父母是真的没有这个钱。最后只好父母的钱包倒霉，婚礼各项事务全部包办。婚礼过后，男方家里拿着收来的礼金对着亲戚得意扬扬地炫耀自己的儿子有本事，找到个金娃娃。最后话传到了女方父母的耳朵里，气得他们差点想骂人。

　　在小夫妻结婚之后，女方的父亲觉得自己现在住的房子有点老了,想重新装修一下。女婿听说了以后,告诉了自己的爸妈。亲家直接打电话给了女方的家长,说自己有个亲戚做装修工程的,希望把这个工程包给自家亲戚。女方父母有点不太愿意,就敷衍了过去。女婿得知之后,背地里直接给老婆甩了脸子,怪岳父岳母看不起他们一家。就连平时都不会来问候一句的公婆也轮番电话过来轰炸,大意就是"你是有钱人家的小姐,你爸妈仗势欺人"等等。

这回姑娘万分委屈,跑回娘家跟自己爸妈说了,爸妈又是心疼女儿,只得答应下来,心里想着大不了自己多看着点。没想到高潮真是来得出人意料,男方父母所谓的亲戚,其实跟他们平时远得几乎都没有联系,带领的装修队伍资质根本不够格。在装修的过程中,差点弄坏整个房子的电路,除此之外,最好笑的是把整个厨房和卫生间里所有的水龙头都装反了。结账的时候,明明10万的工程,亲家却跟女方父母开口要30万,其中的猫腻一看便知,女方父母当然不肯,结果就吵了起来。最后讲到15万,亲家还骂骂咧咧地在儿子那里说女方家里抠门,一点小钱都不肯让他们挣。

再之后的一次,女方的父亲和几个朋友在外一起吃饭,说到了这件事,当时他的女儿已经怀孕了,可是亲家平时基本都保持着不闻不问的态度，唯一会和儿媳妇打电话的时候，就是找各种理由要钱。又过了不久，姑娘生了个儿子，这时候男方家里倒是想起来，到处跟亲戚说自己家得了个大孙子，别说伺候月子了，看见媳妇连句关切的话都很少。

没有人知道那个姑娘有没有后悔过，她是否后悔也并不那么重要了。这个故事已经成为了父母朋友圈子中最经典的反面例子，敬告着各家的儿女，不要在婚姻大事上想法太单纯。

毕竟齐大非偶的清醒，不论是齐国还是郑国，热恋中的人明白的都不多。

说真的，当初已经走红的王菲嫁给窦唯，住在小胡同破四合院每天倒马桶，这个故事一点都不值得你们感动。我相信这个世界上有很多来自贫困家庭的大好青年，终有一日可以变成一个潜力股，但是我并不觉得因为这样就非得要求一个姑娘去接受这样的生活。指责和嘲讽根本没有必要，都到了这个时代，既然此事与道德无关，何不尊重下别人的婚嫁自由。

多年以前看过六六的《双面胶》，里面所映射的也是一样的故事，妻子和来自农村的母亲的观念不合，丈夫的姐姐理所当然地认为自己有权利用小夫妻的积蓄，一次次口角之后，母亲对还在襁褓中的孙子灌输着儿媳是恶人的观念。终于冲突到了顶点，母亲挑唆儿子打死了妻子，活生生演出了一幕人间悲剧。

你以为你嫁的是一个人，其实你嫁的是一家人，是一种生活方式。同样你以为你娶的是一个人，事实上你娶的也是一家人。在双方家庭不睦的情况下，抑或是一方家人带来的影响，最终只会影响到夫妻之间的小家庭，这世上从来多的都是矛盾，少的是互相理解。而由于生活和成长环境所限，就连同理心都不一定能理解彼此的想法。有的人会说现在的人真现实，可是如果当我们论及婚姻，还不讨论现实，那我们还要讨论什么？

张嘉佳以前在一个故事里说过，他问一个女编导，如果一个人有1000万给你100万，还有一个人有10万给你10万，你会觉得哪个更重要？

女编导说：100万。

张嘉佳问她说：难道全部还不如十分之一？

女编导点头。

可是第二天，女编导想了一夜之后，对张嘉佳说，觉得还是10万重要。

如果姑娘或小伙，你是奔着爱情去的，认为自己和恋人之间的爱情可以伟大到能够克服掉一切在生活根本之中的冲突，你们两个人的浪漫足以让你忍受这一切，那么请你做好一切准备，不要轻易地经受了挫折就喊后悔，甚至口出恶言，这样只会伤害彼此。如果你和第一个故事里的姑娘那样，觉得自己没有那种勇气来面对这一切，那么早些脱身，该断则断。

可是啊，你千万不要说着追求爱情，过一会儿转念一想，还是钱最重要。

也不要在求钱得钱之后，再一拍大腿，哭着说老子还是怀念当初的纯真爱情。

我终于离开了你

昨天晚上在家里吃烤茄子的时候,和人聊起了撸串这件事。啤酒、烧烤、夜宵。在领了毕业证之后,回忆起大学,最多的就是不醉不归的那几年。写了许多故事,回头看的时候,发现几乎有一半都有烧烤店的叹息声。

对着鸡翅,对着羊肉串,对着烤年糕,说那些青春年少的爱恋和痴迷,得不到和舍不得。忽然想起了那个一夜吃了十盆烤茄子的姑娘,带着分手的蒜味,泪眼蒙眬。她说人生,也只不过是悲欢离合而已。

因为对这个场景印象太过深刻,所以姑娘在此文得了个绰号,就叫茄子。

茄子是个接盘侠。

她的前男友辣条，在成为她的男朋友之前，是她认识的另一个姑娘土豆的前男友。土豆和那哥们儿分手之后，愤愤不平了很长一段时间。对外吐槽辣条无数。然而悲哀的是，由于土豆姑娘自己的名声儿也不太好，所以她说的话也没什么人听。茄子知道了以后，也不以为意。

辣条追茄子的时候，满腔的温柔，犹如春风拂面。茄子很快就沦陷在了这种冬天一起上课辣条都会提前帮她把教室椅子给捂暖的无微不至之下，成为了辣条新鲜出炉的又一任女友。辣条比茄子大一届，4月辣条和土豆分手，和茄子5月份就好上了，6月份辣条毕业去了另一个城市工作。一开始两个人浓情蜜意得恨不得每天都黏在一起，后来辣条总是说工作忙，虽然还是很宠溺的语气，可是不能像大学时候那样随叫随回复了。

茄子对此表示心很大，辣条忙工作可以理解，男人嘛总要拼事业，支持支持。

有一次茄子去辣条工作的城市找他玩，辣条带茄子去吃了顿好的，茄子笑得见牙不见眼，问辣条说："老公，你喜欢我什么呀？"辣条笑着摸摸她的头，说："我就喜欢你这种没见识的样子。"

现在想起来,辣条的那句话,字字带血。

茄子大四下的时候,课上得差不多了,研也保好了,正处于一种无所事事的闲适中。一无聊就坐火车去看辣条,辣条还是对她很温柔,可茄子就莫名觉得辣条的样子多了一些不耐烦的情绪在里面,有时候回答她的话总是心不在焉的样子。茄子问辣条怎么了,辣条说工作太忙,有几次会暗示让茄子早点回学校。茄子有点不高兴,可是想想辣条那么忙,也只好忍了。

某次回程的前一天,茄子和辣条在街上逛着,无意间在辣条的手机上瞥到了一个妹子的头像,和她一起排在微信的最前端。茄子装作一脸傻白甜的样子问辣条,说这个妹子是谁啊。辣条说哦,这个是我公司的同事,一个 Team 的。茄子"噢"了一声没有继续追问。逛着逛着看到一家文身店,茄子说我们去文个情侣文身吧。

辣条说会很痛的吧。

茄子撒娇耍赖,说陪我去嘛。最后辣条还是同意了。文身的图案是对方的名字缩写,再加上一圈花纹。远远看上去像个镯子，文好以后茄子对着文身傻笑了半天，一副辣条所有者的样子。

第二天早上，茄子被辣条的手机微信声吵醒。她睡得一向很浅，蹑手蹑脚地从床上爬起来，看到辣条的手机屏幕亮着，上面是个妹子发来的消息："在哪呢，今天晚上什么安排。想你了。"

前一天两个人还一起去在手腕上文了个情侣文身。第二天茄子就发现辣条劈了腿。

茄子什么都没做，没哭没闹，只是在微信群里问了一句：辣条劈腿了，我的文身怎么办。

茄子的朋友年糕幽幽地回复了一句：文个手表吧。可以提醒你是个傻比。

年糕一直不喜欢茄子的男朋友，觉得他这个人虚伪不可靠。对于这种观点，热恋中的茄子认为这是年糕对于自家比年糕高且帅的男友的嫉妒。

茄子很平静地和辣条告了别，在回程的6个小时中利用自己强大的搜索能力一条条地翻了辣条的微博、朋友圈等一切可能会有蛛丝马迹的东西,连 QQ 空间都没放过。最后终于找到了妹子的微博和名字。某一天辣条说工作太累要早睡,其实是帮妹子去庆祝生日了。有一天辣条说晚上要加班,事实上是和妹子一起去看零点首映了。还有这一天那一天,辣条都有着无数冠冕堂皇的借口,却都在妹子里得到了所有的解答。

茄子给辣条发了微信:你是不是有别的喜欢的人了。

辣条没有回复。

茄子又发:你告诉我吧,我们好好商量下这事。

辣条还是没有回复。

茄子忍不住,过了一会儿又发了:你要是 12 点再不回我,我们就分手吧。

12 点过后,辣条始终没有回复,却删了茄子的微信。

年糕在车站接到了哭得梨花带雨的茄子,拍拍她的肩膀说:别哭了,不经历人渣,怎么能当妈。

那天,茄子发了条微博:我他妈的到了今天,才明白什么叫我在南方的艳阳里大雪纷飞。

茄子分手之后再一次见到辣条,距离他们分手已经两年。

之前闹得并不愉快,对茄子和辣条来说也没有什么必要再相见。茄子嘴上不说,可是心里难免会有点不舒服,当时不是没有恨过,以至于她现在都觉得自己还在耿耿于怀。那天相见是一个意外,茄子和朋友在一个餐厅吃饭,正在大声笑闹着,突然有人指了指门口表情怪异。

茄子一回头,发现是辣条和几个不认识的人走了进来。辣条坐在了一个看不到茄子的角落,茄子却能看到他。一顿饭的时候,茄子总是有意无意地去看他一眼。她本来以为,过了好几年,辣条一定变化很大。却很意外地发现,辣条还是和以前差不多,吃饭的时候喜欢松开袖口的扣子,会皱着眉头孩子气地挑走不喜欢吃的辣椒,表达惊讶的时候夸张得扬起的眉梢。

以前茄子设想过无数次重逢,以为物是人非必定惹人伤感,而经历了这一场之后才明白,伤感的不是都变了,而是什么都没有变,却再也和自己无关。当我们过了许久再次相见,发现你一切动作的细节都还是原来那样,一切一切还未曾有所变化。而时光早已经匆匆过去。恍然大悟,过往这一切的笑与哭,都不过如同一场做了很久的梦。而那些没有发生过的梦,却再也做不完。

茄子突然有些感慨。她觉得自己大概会在见面那刻上去狠狠扇辣条一个耳光，现在却什么都没有做。心里也没有很大的波澜，只是一种极淡的难过。难过并不是因为离开你，而是发现，整段感情最开心的一个瞬间，是确定我终于可以离开你了。

　　人是一种很奇怪的动物，最骗得过自己，也最骗不过自己。黄粱一梦二十年，也还是不懂爱也不懂情。无声无息地爱上，又悄无声息地放下，默不作声地在心里走过无数个来回，拿起的如此重，却放下的那么轻。

　　噢，会这样；噢，不过也就是这样。

　　"如果天黑之前来得及，我要忘了你的眼睛。"

　　我会忘了你的眼睛。

!○
那些你以为和钱没关系的事，
最后还是钱的问题

某夜与 Y 小姐聊天，她正在南半球百无聊赖地等着回国的班机。她吐槽几天前，前男友的妈妈来找她，劝她不要分手。我与她分析，无非两个原因，一是她前男友与她分手之后真的日不能食，夜不能寐，看得妈妈心疼所以亲自出手来挽回。二是因为 Y 小姐条件好，他妈妈觉得这样的姑娘放过了实在是可惜，于是代替儿子出马看看还能不能抱住金砖。

介于 Y 小姐的前男友态度很暧昧，也没有强烈的肝肠寸断的意思。Y 小姐与我一致认为是第二种可能性更大。

说到 Y 小姐这个人，我脑海里立马跳出来八个字：家财万贯，貌美如花。胸大有脑还有钱，是我就想直接带回家了。可惜这只是我的想法，根据暂时不会改变的取向，我只能对Y小姐说土豪我们做朋友吧。

Y小姐的EX，家里条件也不错，绝对已经奔出了小康。可是说句实话，和Y小姐家还是没办法比。在国外求学，Y小姐的男友很节省，在和Y小姐在一起之后，仍然坚持了这个优良传统，并希望普及到Y小姐头上。当时Y小姐的朋友开了家定制的服装店，她前去捧场，买了几万元的衣服。EX先生知道后颇为介怀，酸酸地说Y小姐真有钱。Y小姐也有些无奈，在她看来，这不过是普通的人情往来罢了。

平时EX先生想要什么又不舍得买，Y小姐都会默默地买好送给他。可是EX先生又是一个很要强的人，大概是觉得在朋友面前承认东西是女朋友添置的自己觉得也不好意思，就秉持了打死不承认的原则。时间久了，Y小姐也有些委屈。她认可 EX先生的要强，可还是难免会觉得不高兴。而EX先生久了也觉得别扭，感觉总像被施舍似的，两个人不免争吵。

EX先生和Y小姐还没分手的时候，也曾加了几个Y小姐闺蜜的微信，在浏览完她们的朋友圈之后，EX先生由衷地对Y小姐说：你知道吗，你的圈子是我一辈子努力都到不了的。

具体分手的过程太繁杂就不叙述了。一开始Y小姐言语间仍然很是放不下，而如今她开始从物质的层面分析这段感情为什么会失败，无疑也证实了她已经差不多走了出来。说这个故事的时候，不是想说明谁对谁错，事实上谁都没有错，只是不适合。

土豪表姐是各种奢侈品包包的脑残粉，也是"伐开心要包包"的坚定支持者。有次我陪她逛街，看中个法兰瓷花瓶，大概一万左右，她很喜欢，我劝她买下来她又不肯说最近没钱。我扫了一眼她手上拎着的Birkin，吐槽她：你少买个包，几个花瓶都出来了。她搂着我的肩，深情地对我说：妹子，你不懂啊。

有次土豪表姐去相亲，对方是个勤勤恳恳的上班族。一开始谈得还不错，后来表姐就对我大喊救命说受不了。表姐爱吃日料，尽管是AA，但对方却总是对她说吃这种东西不实惠没意思。约会几次之后，表姐就开始推脱了，再然后，就没有了下文。

想到大学时候身边一对情侣分手，也无非是男生和女生家里条件差距大，女方家中感到不满意。后来变成了一场骂战，如今他们各自找到合适的归宿，再也不会有人提到当时彼此的委屈。有钱的不能理解没钱的，没钱的觉得和有钱的在一起压力大，总之，不过一笔烂账。

听惯了王子和灰姑娘的童话，便有人开始相信这种爱情也能开花结果得顺理成章。但是很少有人指出灰姑娘并不是穷人，她只是一个受后妈压迫的富家小姐。在亲娘没死前也是过过好日子的。随便想见气度、教养、眼界也不会太不堪。而现实中，这种差距会被无限放大。很多人都相信门当户对的重要。从大学到现在，亲眼见证了身边的姑娘从觉得这四个字是狗屁，到如今对它深信不疑。

过惯了有钱日子的人，并不会觉得自己的生活有什么不妥的地方，他们的想法无非是有这个物质条件在，买得起好的，就不必委屈自己去买差的，100块一个的苹果更大更甜营养更好，为什么要买1块钱一个已经发烂的？但是在旁人眼里，这种生活是遥不可及且梦寐以求。而越亲密，尤其是女生胜于男生的时候，物质差距带来的刺痛感便越强烈。

两个人如何才能在一起？无非是合适。鸡汤文强调精神层面的合适，这并没有错，但是它们没有告诉你，精神上面的合适往往来自于物质条件上的相称。每个人对钱的看法都不一样，但是在差不多的家庭背景下更容易产生观念相近的人，在价值观，花钱的方法，对东西的看法也会更接近。

打个比方，就是某哥们儿上班睡过头起不来，打车去上班花了百来块，发微信给女友说这事。女友说，没事就当少吃顿哈根达斯。我不是想说哈根达斯怎么样，只是从这个故事中可以看出来，这两个人对于金钱的态度其实很一致，就是过得舒服。所以，他们也从未在这种最容易产生分歧的地方争吵过。

其实吧，很多感情里的问题，我们都以为和物质无关，可是说到底，还是和钱有关。

想要好好在一起，第一步，就是过了花钱这一关。

!○
你有几个好妹妹

2015年初冬的时候,我去看了两部电影,分别是《匆匆那年》和《撒娇的女人最好命》,其实这两部电影总结一下都可以归成一个系列,叫"我是怎么翘别人男朋友的"。迅哥儿主角光环太强大,为了避免小三电影的三观不正表现得太明显,特意安排了隋棠演的正牌女友大声说出"其实我就是跟他玩玩"这种台词来为迅哥儿的角色形象扶正,也真是苦了编剧。另外说起匆匆这部片子,看完只是觉得沈晓棠这个角色太可怜,值得惋惜一番。电影结束之后特意去补读了下原著,发现电影为了让彭于晏不要显得太渣男,特意把沈晓棠弄出了一副小三样。其实仔细想想,沈晓棠才是被男朋友的前女友挖墙脚的苦主,心酸心碎一把泪。

如果周迅和倪妮不是主角，这片子的情节发生在现实中，隋棠和沈晓棠一上天涯发个帖，名字取上个"818对我男朋友贼心不死的女闺蜜"，或是"男友的前女友又来纠缠了怎么办？在线等，挺急的"。分分钟就能上热门，引发一大堆女性同胞一起倒苦水。之前"蓝颜""男闺蜜"一水儿地被黑成狗，其实女人又何尝不怕那些生活在自己男友身边的"红颜"和"女哥们儿"，当然，还有万恶的前女友，简直防不胜防。

先说那些传说中的女闺蜜。

朋友A，和他的女友B都是我的好友。有一天B来找我吐槽，说是看见A收到了初恋的短信，问A最近好吗？还对A说下雨了你记得带伞哦。B一阵光火，虽然A和那个姑娘已经分手好多年，但是这种莫名其妙的关心是怎么回事？简直充满了余情未了的即视感。A同学见B不爽，忙着解释对那人早就没有感情了，只是把她当成一个好朋友罢了。B不想和男友关于这个问题一直纠缠，越说越不爽，就说"哦哦哦"，换了个话题。事后B对我发来了十几个发怒的表情："普通的好朋友会发这种短信吗？会吗？你会对A发这种消息吗？某某某（另一个女性好友）会对A发这种消息吗？"

说实话，还真不会。

还有一次，是公会里的哥们儿找我来吐槽，他有天和某女性朋友聊天，结果被他老婆发现。哥们儿的老婆一向讨厌那个女性朋友，最反感他们聊天。结果哥们儿好死不死还往枪口上撞。他来找我诉苦，我问他你有什么非和那朋友聊的吗？哥们儿说没有啊，只是人家来找他他不好意思拒绝。我说你还真是个好人，他说"呵呵"别扯没用的你还是快告诉我怎么哄她吧。

其实对于大部分的男人来说，对于那些在他们心中定义为异性朋友的人，如果他们真的对对方没什么想法，那么他们是很不能理解自己的女朋友或者老婆为什么那么敏感的。虽然我并不信什么只有女人才能看出来谁是真正的婊子，但是我不否认女性有一种天然的危机感，说到底就是大多女性都明白怎么样的手段可以"勾引"到男人，一旦看到别人有些风吹草动心里就立马有反应，冷笑成千上万次。

对于"正宫"来说，最烦的其实就是有些号称死党之类的女人动不动就来给自己男人发一些什么嘘寒问暖或是让他做这个做那个的短信，还动不动就是"我们多少多少年的友谊""你要陪我怎么怎么样"，把你的男朋友或老公当成自己的来使。每一个所谓的蓝颜背后都有一个无聊寂寞缺爱的女人，当你吃醋了不爽了,她还要跑出来一脸凛然问心无愧地说:"我们之间真的没什么的,你想多了,我们只是好朋友。"滚你妹的好朋友啊。要是她半夜在有其他人可以找的情况下非找你的男朋友出去喝酒啊,换灯泡啊,探讨人生哲学啊之类的,趁早想办法灭了她吧。早灭早安心。

再说前女友。其实不止前女友,前女神也可以包含在内。

我听过一个分手炮之后前女友怀孕的事情。说是某个男生和前女友分手,前女友痛不欲生与他相约分开之前大家再爽一下,前女友说不要紧我在安全期你放心大胆吧,后来过了没多久前女友给他发消息说有了,是他的。对的,这是真实的故事,就是这么狗血。那男生慌了,去问现女友怎么办,现女友当时就呵呵了,然后对他说我们分手吧。然后男的去陪前女友打胎(哎感觉最近有点流行啊),结果前女友溜了,他才知道前女友说有了是在耍他。

此故事就是这么狗血。你看前女友就是感情中杀伤力最大的核武器。就算不是核武器,至少她的存在就是核威慑。之前看了一句话深以为然:如果所有的前任都不再联系,世界将会拥有美好的明天。分手的时候只要不是太撕破脸皮,搞到双方看透了彼此最丑恶的一面，基本上在分开之后都会对过往有一点美好的纪念的。尤其是男人，当执政党变回在野党，民意通常是会上升的。

女人最恨的一点，就是你把她和前女友或是前女神比较。如果她要是问你，你就夸她好就行。但是千万不要主动提。不管是提她好还是提她不好，听起来都像是余情未了所以念念不忘。只要男同胞你想好好继续这段感情，这就是行为准则的第一要素。

说到底，女闺蜜也好，前女友也罢，那些烦到你的生活的女人之所以会烦到你的生活，无非就是你身边有一个不坚定的男人。他们会在女闺蜜让他去看星星的时候他就抛下你去看，会在前女友向他哭诉想念的时候真的去安慰去感伤。不论黄晓明彭于晏，甚至是身边的这些你我他，说得好听叫心软，说得难听就叫心猿意马。小婊子会成为小婊子，不都是渣男惯出来的。与其怪那些生活中出现的骚浪贱，不如去怪你看错了人。

如果在他的生活中有那么多暧昧的女性1号2号3号，你是要去一个个赶尽杀绝还是得过且过，其实都在你自己的选择。你看谢霆锋和张柏芝都生了两个孩子了还不是最后和王菲复合了，可是你又看贝克汉姆出轨了最后还不是在维多利亚面前乖乖低头回归家庭。这世上没有哪个人是完美的，不会有一个人真的可以忍住诱惑，而那些面对勾引而不为所动的，无非是因为现在获得的已经足够好，好到他们一旦去尝试，可能付出的代价太大。

不是去妥协于他，事事追随于他，也不是单纯地抗拒他，事事都不需要他。具体该怎么做也没有一个固定的方案，还是看你们是怎样的人。

但是记得，与其去害怕有一天会有人抢走他，不如去做一个更好的姑娘，让他害怕有一天你会离开。

!〇
相处的时候，
不需要讲那么多道理

微信小号上有妹子吐槽男友过于理智，让她觉得很难接受。

有一天她和男友聊到某个学姐结婚的话题，话还没说完，男友就发来一句：“我现在不想去想结婚的事情。我觉得我现在没有毕业，什么都没有，考虑结婚对我们彼此是一种负担。”

妹子的一腔热情瞬间被泼了一身的雪碧，晶晶亮，透心凉。好吧，妹子也承认，男友说的话没有错。她自己也知道，两个人走到未来结婚还有很多年的路，说真的，未来会变得怎么样谁都不知道，考虑结婚的确有点缥缈。可是哪怕这些道理妹子都明白，她也不想听到自己的男朋友说"我不考虑结婚"，这在感情上对她而言，是非常残酷的一件事。毕竟没有哪个姑娘，真的喜欢听这种冰冷的道理。她们更愿意你给她们一个希望，不管那天会不会实现，至少让她们对这段感情充满信心。

最近很多妹子开始热切地讨论"如果生孩子遇到突发状况是保大还是保小"这个问题，已经成功超越了"如果我和你妈同时掉水里你会救谁"成为TOP ONE验证男友的杀手提问。无一例外，妹子都希望听到"当然保大"。虽然她们都知道，如果遇到突然情况到时候说不定老公就蒙圈了，但是她们还是希望反复，甚至反复反复再反复地确认自己在男友心目中的重要性。有的人会觉得这样做很傻，"你现在这么问对方肯定说是保你啊"，可是这个问题对于妹子的意义并不在于答案啊。你觉得这个问题蠢，不过是因为你不了解她们的不安全感。

就像胡女神说的，"嫁人这种事情，一不留神就事关生死了"，你不用告诉她生产出现危险的概率是万分之一，不用说羊水栓塞是一种多么少见的事情，也不用让她去查各种文献资料来证明你的理论正确，她担心的事情不会发生。这世上任何小概率的事情只要发生了对一个人来说就是百分之一百，她们不需要数据不需要概率，她们要的是"亲爱的，不论你发生什么，我都会陪在你身边"的行动罢了。

妹子的问题，大多都是为了确认"你站在她这一边"，还有"你爱她"这两点而已。

男性需要掌握一个很重要的技能，就是分清自己的女朋友是在抱怨或是希望获得你对她的爱的肯定，还是真的是遇到了问题寻求解决。

我从不相信那些女人不需要解决方案这种话。如果硬要说女人有不需要解决方案的时候，那不过意味着彼时女人不想从自己的男朋友那里获得解决方案。对于大多数女性而言，她跟你提起一个话题，或者问你某些问题的时候，她们心里已经知道怎么做了。她们需要的是情感上的支持和抚慰，而不是道理。

如你的女朋友今天在马路上被人踩了一脚，挤地铁的时候被人钩坏了围巾，上班睡过头迟到了还被老板发现了等等，那很明显，她们是在向你抱怨："亲爱的我今天好倒霉哦。"如果你的回复是"哎呀！你走路要小心点啊""你挤地铁的时候应该把围巾收好啊！""明天记得开闹钟"之类的话，恭喜你，基本上你的下场都会比较惨。

当然，解决抱怨，最好的方案，是买买买。不过如果你不是姓王名思聪，这个方案请谨慎使用。而有一些问题例如女朋友和父母吵架之类，不是靠买买买就能解决的，届时记得照顾她的情绪。我不信真有那么多缺心眼的女人会意识不到早上起来和老娘为了喝不喝豆浆有没有打扫干净房间而争吵这种事实在是太傻比，基本上这种争吵过个一天都会自动化解成亲爱的母女。可是她怒气上涌的时候，你去告诉她"你本来就该打扫房间，你妈说得没错"或者煽情派，"妈妈把你养那么大不容易，不要和她吵架"，真的是自己在找楼顶往下跳。

而当女性认真地在征求你的意见，例如她在工作中遇到了某些技术上的难题，或者是对于某些领域不了解造成选择困难而征求你的意见，这些时候就不要采用"哄"这个手段了，而是严肃地对待。当然，这不是我们今天说的重点。我们今天的重点，主要还是集中在女性在情感上的期待。

两个人相处中，如果你真的觉得她有些不好的习惯需要纠正，道理可以说，但是要分对时机。具体什么时机，取决于你女朋友的心情和当时发生事情的大小，但是友情提醒，不要选择生理期前几天和生理期。不然，你会很容易发现卫生护翼简直就是死亡之翼，你的女朋友和 H 模式的地狱咆哮也只有一步之遥。

《后会无期》里面说，听过许多道理，却依然过不好这一生。原因大概是过好人生，需要的不仅仅是道理。很多问题是情感上的问题，没有固定的模式可以套，它们的处理方式需要你的情感作为解答，而不是你掌握的那些金句。举个例子，你背过100篇范文，可是你可能还是不会写雅思作文，可能你知道每个单词的意思，但你却不知道这个句子的语法究竟是怎么样的，那么每一次遇到不同的题目你都会束手无策。人生比雅思考试要难得多，考试还有机会撞上题，可是人生呢，一个人不会再次踏入同一条河，每个人不会面临同样的问题。人生的语法和词法，通常被我们称为情商。

为什么你掌握那么多人生真理，还依然谈不好恋爱。

因为两个人在一起，主要的意义是互相的陪伴和支持。

两个人在一起，不需要讲那么多道理。

!〇
即便互相亏欠，
也别再藕断丝连

　　周六打着给 B 小姐庆生的名义，约上她们两人一起吃饭。席间 B 小姐提起了李先生回国的消息，然后问女神："他不是约你吃饭吗？"

　　女神低低地"嗯"了一声，然后说："不想去。"

　　我问她为什么。

　　女神喝了一口饮料，苦笑着说："我怕我看到他的脸，眼泪就会止不住地掉下来。"

　　女神和李先生都是彼此的初恋，同一个初中和高中。也不知道是从什么时候开始，女神经常会提起李先生的名字，说他的种种故事。明明毫无笑点的一件事，女神说起来也会笑得上气不接下气，留下我和 B 小姐面面相觑。现在想起来，大概是从那时候起，女神和李先生开始对彼此暗生情愫的吧。

后来某次逼问，女神终于坦诚了她和李先生走在了一起，是李先生表的白。回忆起这一幕的时候，感觉好像就在昨天，可是翻翻日历，却竟然已经过去了七年。在相爱的四年里，他们一直都很甜蜜，女神娇娇嗲嗲，李先生百般呵护，从未听过他们吵架。

直到李先生出国的前夕，女神突然提了分手。往后的时间里，女神从没有说过分手的缘由，像是某种奇怪的默契，她和李先生对于分开这件事保持了共同的缄默。她也不在我和 B 小姐面前哭，也没有颓丧，只是有一段时间，会突然陷入久久的无言，就好像突然被抽空了所有的力气。

没有电影里那种分开后的撕心裂肺肝肠寸断，或是有，只是旁人看不到。女神和李先生仍然保持良好的关系，偶尔聊天，问候近况。比起那些分手以后就对前任破口大骂的男女，他们的行为，总让我想起那句"亲人不出恶言"。分开以后至今的三年里，女神和李先生在不同的国家生活，却都保持单身。这几年里也不是没有人追女神，可是她总是笑笑，然后再也没下文。

昨晚我问女神:"你还喜欢他吗?"

女神说:"我不知道。"

我说:"你们那么久都没有断了联系,没办法复合,至少还是朋友。"

女神没有回复。

良久,她才发来一句:"互相喜欢的人,是做不了朋友的。"

你看,她什么都知道,只是不愿意承认罢了。不愿承认哪怕还喜欢,也不想再回头。

昨天在家清理以前的一些微博。看到2012年@过的一个好友,那时候他的ID还是"S爱T"一类,S是朋友的名字,而T则是他当时的女友。T姑娘很美,毕业以后去了某国求学。有一次她对我说,某个曾经她和S共同的朋友对她表白,她拒绝了。也不是那个男生不好,而是T一看到那个男生,脑海里浮现的都是S的脸。

T和S是2011年的光棍节在一起的。

他们来自同一个城市,又一起到了魔都求学。我们都曾觉得这是一对天作之合。可是T的父母却反对他们在一起，据T说，是觉得S还不够稳重吧。由于父母的高压政策，在学校的时候反而成了他们最自由的时光，而每逢放假，就只好发短信互诉衷肠。时间久了，总有些不愉快，S和T的争执越来越多，温情也越来越少，不知为何，见面总是不愿意好好地说一说相爱，而学会了用语言互相伤害。

可怕的是，两个人越是亲近，就越知道用怎样的方式才会让对方溃不成军，渐渐S来找我们喝酒的次数从一个月一次，变成了一周一次。S饮至深夜，手机的屏幕也一直黯淡无光，T再也不会深夜发消息，絮絮叨叨地让他早点休息。

两个人之间的冷漠连旁人都感觉得到，可是他们似乎是跟对方置气，谁都不愿意主动提分手。又或者他们都相信一切都有挽回的那一刻，只是伤害太多，不懂从何做起。曾以为这种僵持会一直延续，可是某天，忽然的，就断了。不知道是谁稍稍用了一把力，打破了角力的平衡，只知道后来他们又各自有了新人，又再次分手，也刻意互相躲避，不再相见。

2014年年初的时候，S和T在某次聚会上重逢，身边的朋友们坏笑着让他们坐在了一起，怂恿S一杯杯地喝酒。S喝得满脸通红，拉住了T的手，很认真地说："我一直都没有忘了你,你还愿意和我在一起吗?"

T拼命点头,潸然泪下。

可他们最后还是分手了。没有争吵没有伤害,只是对彼此留下了一句祝你幸福。

这一次,是真的结束了吧。

我相信女神和李先生,S和T都彼此真的相爱过。写完S和T这一部分的时候,我忽然明白了为什么女神不愿意去和李先生见面。有些记忆里的人,原来是真的不能再相见的。不论你还好,或者不像以前那么好了,那些涌上来的情绪都足以把一个人淹没,让你分不清,你究竟是想离开还是仍然还爱。

那个人的一切看起来都那么熟悉,却又变得那样陌生。

我曾经和他唇齿相依,如今却相隔两岸。

这世上总有那么多相爱又分开的人,彼此认真地对待过,最后也无奈地说了再见。当初让你提分手的理由,总有一天还会困扰你的复合。是,他曾走进过你的心里,也再不会离开。可是那有什么要紧的呢,他从光明的繁花盛开处,走到了那个偏僻的小小的黑木屋。

你不会刻意去想起你曾爱过,也不会特意去抹掉这个人。

他就像那根你曾经撞过的电线杆。或许你还记得撞了一下的那种疼,可是却再也没必要去撞第二次了。而再久一点,疼也会被你忘记。只留电线杆仍然矗立,不来不去,无声无息。

我很欣赏女神的不见,也赞叹 T 和 S 最后一次分手后的再也不见。

与前任的告别,是对今后那个陪伴你的人的尊重。

即便互相亏欠,也别再藕断丝连。

PART 5

That's not because of no good in the world but of your limited experience.

全身上下，
胃最思乡

10

回家，吃饭

1.

活了22年，我人生第一次正儿八经地做饭，是10月2日，八天前。方老板和落落来我们新居吃火锅，还得落落自己带电磁炉。

一群人去超市采购，路过方便面货架的时候我问琼瑶（老公）："我们要不要准备点方便面放家里？"他一脸委屈地看着我："我都是有老婆的人了，还要吃方便面吗？"顿时我觉得好有道理，完全无法反驳。只好假装忘记婚前明明是他说的——他做饭。

硬着头皮买了鸡翅和小排，回家的时候一边拿着手机看菜谱，一边做了可乐鸡翅和糖醋小排，意外的味道还不错，没有黑暗到变成炭，也没烧得不熟让大家拉肚子。琼瑶感动得快哭了。我猜大概是想到了以后不用靠方便面过日子，一时难以自禁吧。

学做饭是一件容易一发不可收拾的事，最近有从文艺逗比女青年向厨娘转化的趋势，逐渐对菜市场产生兴趣，也不枉我连着订购了那么多年的《贝太厨房》。自从有了炖锅，就开始每天琢磨要炖个什么汤，乌鸡、鸽子、小排，每天都尽力翻个花样出来。热菜里牛肉、猪肉、鸡肉、鱼，想着办法做新菜。现在方觉得过往二十年老妈过得真不容易，光买菜都要死不少脑细胞。

2.

搬入新居的第一天晚上，我和琼瑶在外面闲逛找超市，想买一些生活用品，油盐酱醋什么的，路过冰柜的时候，他突然说想吃汤圆。

买完随便找了家小店吃面，看着购物袋里的汤圆，总会想起当时去武汉看他，等他做完实验给他做夜宵的情景，那时候我总是在想，什么时候我们会有自己的家呢，不用再两地奔波，可以安安稳稳待在一块儿。婚礼结束，这个梦成了真，可感觉一下变得那么不真实，就好像他还是当初那个在校门口停自行车时遇到的男孩，而我也还是那个经常拿着早点，背着巨大书包的姑娘。

那些时光，"唰"地溜走了，带走了许多的情绪和人生中的过客，留下我们在一起生活和相守。

你啊！要活很久很久，久到和我一起吃尽人间绝味，久到吃厌了我做的每一种菜式，在某个温暖的夏日午后，在嘴里塞上一块最爱的糖果，让它慢慢融化，你才能离我而去。

3.

前几天，琼瑶出门有事，说晚上 8 点左右回来，我说好。在家里煮胡萝卜玉米小排汤。闲着无聊，搬了把椅子在厨房，等锅开，等肉香四溢。一锅汤里胡萝卜和小排都炖得酥烂，香气弥漫，就像小时候我放学回家闻到就会觉得安心的香味一样。

7 点半的时候，他微信我说，"回家路上"，我说好，"回家吃饭吧"。

8 点时大门开了，他站在门口大喊："做了什么呀？好香啊。"

我在厨房里回应他:"快来洗手,吃饭了。"

恋爱的时候,总想着要去哪家店吃。如今,却想着要做些什么菜。如果说结婚给生活带来什么改变的话,这就是。

4.

我们的相处中,也说过许多无聊的情侣间的语言,但是印象最深的,无疑是"回家吃饭"。每一种不安沮丧,都能在四个字里化解。似乎是告诉你,不管发生什么,家里总有一个人,总有一锅热汤,一碗热饭等着你。

从此,不必再说太多。

以前写过许多文章,也谈到许多不愉快的问题,例如背叛,例如分离。有许多时候,我都觉得,看淡了现实的人才不会被现实的困苦所误,总是对未来充满期待的人,其实并不比那些哀叹的人经历得少。有许多朋友,不开心的时候,喜欢选择狂吃食物发泄情绪,大抵不过唯有食物不会背叛你,猪排就是猪排,蘑菇就是蘑菇,不会变成别的什么。

希望你啊!有一天可以找到一个人,他给的慰藉比食物来得更可靠,让你从此不必再依靠一块曲奇饼给自己安全感。

5.

活在世上，总要享受烟火气才能快乐。

做饭，不管是给自己还是给别人，都是一件让人觉得高兴的事情。

如果要更高兴一点，找一个帮你洗碗的人吧。

10

全身上下，
胃最思乡

1.

每年的大年初一，爸妈的第一站总是带着我去爷爷奶奶家拜年。然后一家人坐在一起，奶奶会端上煮好的汤圆，取一个团团圆圆的意思。一碗汤圆里面，我总是要奶奶给我盛一半的甜汤圆，还有一半的咸汤圆。甜的是芝麻馅，咸的则是猪肉馅。说来也奇怪，猪肉馅的汤圆似乎并不常见，受众要比传统的甜汤圆少很多，因此当我第一次跟老公说起肉汤圆的时候，他的表情仿佛是听到了外星物种，三观尽碎，生无可恋，坚定不移地拒绝了我提出的让他尝一口的邀请。

真是可惜啊。

虽然听起来有点黑暗，但是肉汤圆其实很好吃，肉馅带来了和甜口馅完全不一样的口感，整体更偏向江南口味，不是单纯的咸，而是经过了酱油，还有糖的调味，凸显了肉馅的鲜，一口咬下去的时候还有一点肉汁流出来，回味无穷。如果你觉得因为名字实在很难接受的话，不妨将它想成糯米皮儿包着的肉丸子。除了纯肉馅的之外，也尝过朋友自家手工做的菜肉馅汤圆，依旧是清水里煮过，不过没有汤汁，个头也要大一点，敦敦实实白白胖胖的，倒像个雪球，一个下肚十分顶饱。

结婚后的第一年大年初一，我跟着老公回了他的家乡过年。年初一没有吃到汤圆，二十多年的习惯一下子没维持，难免总觉得心里空落落的。那时候，爷爷的身体已经不太好了。我在异地，给奶奶打电话，祝他们新年快乐、身体健康，问老太太今天有没有吃汤圆，奶奶说吃了吃了，可是爷爷几乎是吃不下去，往年可以吃一大碗的，这次却只吃了一个甜的，肉的却怎么也吃不下去了。

后来，正月还没出，爷爷就走了，虽然知道这一天早晚要来，可还是觉得猝不及防。心里难受得不行，像是条离了水的鱼，总觉得没有陪老爷子过这生命里的最后一个年是一个大错。不知道是不是迷信，或者只是单纯地有了个执念，有一段时间我老是想着，少吃一碗团圆的汤圆，果真就再也不能团圆了。以后，年初一吃不吃那一碗汤圆，已经也没那么重要了。

无论吃多少碗，那个陪着你长大的人已经不在了。

人们都说要好好珍惜现在，也不知道意外和明天哪一个先来。其实这世上，做了再多再多，哪怕日复一日地重复着，到离别的时候，还是一样会觉得遗憾。

可是即使知道会遗憾，也不能不去做啊。不是为了让自己将来少遗憾一点，只是为了与你的回忆多一点。

2.

9月的时候在加村，住在租来的公寓里，看着朋友圈里都在炫耀着鲜肉月饼，馋得快要发疯。最后还是忍不住自己动手做了，从熬猪油开始，剁肉馅，揉面团，做油酥，最后包上放进炉子里烤，虽然有点繁杂，可是心里一直洋溢着"我有鲜肉月饼吃啦"的喜悦。

鲜肉月饼算是江浙沪的特色，日常也有店家会卖。比起广式月饼的节令性颇强，鲜肉月饼在人们日常心中的定位更像是烧麦、馄饨这种日常点心。初秋的时候，大部分的店家开始卖鲜肉月饼，而到中秋前后则是迎来了真正意义上的高峰。几乎每年，都会有鲜肉月饼供不应求的新闻。就拿我最挚爱的光明邨来说，常有人凌晨4点就带着小折凳到店门口坐着，一直等到上午9点半的第一锅出炉。虽听起来有点疯狂，可是如果当你见过高峰时期，密密麻麻的排队者，几乎可以造成交通堵塞的盛况，以及仅一家店，每天售出2万个还供不应求，你就会知道，它在魔都群众的心里是多么的受欢迎。

若是中秋前后有人愿意送你一盒子光明邨的鲜肉月饼，那简直不是单纯的友情了，那是深深的爱。一口咬下去，酥皮纷落，外层带着微微的脆，略有一丝焦香，酥皮的内层浸透了肉汁，带着油脂的香气溢满口腔。内馅饱满，肉馅用生抽和糖调过味，口味却并不偏甜，而是若有似无地突出了肉本身的鲜。一口咬下去，可以感受到新鲜的原料带来的弹性。两相结合，虽说不上你中有我，我中有你，但是也可以称得上是强强联手了。

说起来，那天自己动手做月饼之前，我招呼老公过会儿来吃，他躺在沙发上懒懒地应着，说没有胃口，肚子不饿。演技实在太差，没有办法直视。等鲜肉月饼出炉，我把它们放在餐桌上,然后转身去洗澡。洗完澡出来发现鲜肉月饼似乎少了三个,一回头看到他正一脸苦苦地坐在沙发上大张着嘴哈气。

"你怎么了?"我问他。

他摇摇头不肯说。

"吃月饼烫到了?"

他一脸羞涩状地点了点头,然后含混不清地说:"好吃,好吃。"

"有多好吃啊?"

"像是回家一样好吃。"

漂泊在外,最好吃的味道,就是回家的味道吧。

3.

大学时期的一个室友是贵州人,喜欢吃辣,她最热爱的一道食堂菜是我校的老干妈鸡丁面,百试不厌。

每次假期结束,我们几个最期盼的就是见到她带回来的辣椒酱。

室友家的辣椒酱是真正的手工制作。直到现在我想起来还会流口水。她妈妈亲手做的,不是类似于李锦记卖的那种蒜蓉桂林辣椒酱一类的，而是更接近于老干妈的辣三丁。配料丰富，除了辣椒、花生之外，最多的就是切成丁状的肉，而且肉的数量之多，各种料之足，让人一吃就能知道室友绝对是亲生的女儿。辣椒和花生都是炸过的，混合上肉分外的香，装满了整整一个大盒子，足够室友从开学吃到下一个假期。

晚上室友给家里打完电话，总会拿出一个干净的勺子，狠狠舀上一勺自己家的自制辣酱，然后心满意足地睡去。

有时候，室友和辣酱一起带回来的还有自己家的腊肉和真空包装的辣子鸡。她买了一个插电的小锅子和面条放在寝室里，平时收好放在自己的衣柜里。一到深夜11点，别的寝室熄了灯，我们就悄悄地用台灯照着亮，把锅子拿出来，倒上热水，先是放进一把面条煮熟，然后把真空包装的辣子鸡倒进锅子里，盖上锅盖焖上一会儿，再打开来的时候整个寝室都弥漫着满满的香气。

我们四个人都动作一致地蹲在地上，一人捧着一个碗，手里筷子不停，直到把面汤都喝完了才肯罢休。一碗又辣又鲜的面条下肚，整个人都感受到了暖意洋洋。在上海潮湿又阴冷的季节里，是一顿绝佳的抚慰。

毕业之后，当另外两个妹子选择留在上海的时候，贵州妹子一个人义无反顾地回了家乡的小城。

我们问她为什么,她说想家。

4.

有个北京来的小伙子,今年刚刚上大一。之前住在寄宿家庭,有天白人老太太房东跟他招呼说今晚做鸡汤面给他吃,他激动得摩拳擦掌,满脑子想到的都是金灿灿黄澄澄的走地鸡汤,用小火慢炖几个小时,再配以一把筋道的面条,"稀里呼噜"一碗下去,端得是个爽快。要是面里再来一把碧油油的小青菜,配上白嫩的春笋,那简直是人间极品。

平时6点吃晚饭,这天他4点就去厨房探头探脑了,炉灶上一片空空荡荡,他失望地回到了自己的房间。一边写作业一边侧耳注意着厨房的动静,好不容易等到5点半,厨房里传来了锅子的声音,他激动万分地冲向了厨房。白人老太太招呼他说:"吴,你来得正好,帮我开一下这个罐子吧。"说完顺手递给了他一个罐头和一把罐头刀。

小伙扫了一眼老太递给他的罐头,上面写着 Chicken Soup,心里"哐当"一凉,看来炖了几个小时的鸡汤是吃不到了,只好安慰自己说白人都这样,不会好好炖汤,用罐头汤就罐头汤吧,只要有面就好了。

没花多少力气,罐头就开了,映入眼帘的是白乎乎的一团,他吓了一跳,以为鸡汤变质了,忙转着罐子看保质期,没想到保质期还没看到,硕大的Noodle就映入了眼帘,感情不是鸡汤,而是鸡汤面罐头。

晚上吃饭的时候,白人老太太问他:"吴,这个面好吃吗?要不要再来一点。"

他只能苦笑。

一个学期的课结束,某门课的老师说我们大家搞一个Party吧,每个人带一点有特色的食物来,不过不能有猪肉、鸭肉这类,因为有的同学因为宗教原因不能吃。

回到家想了想,决定做个黄焖鸡翅。准备了近30个鸡翅,每个都正反两面划好刀,拌上料酒和蚝油腌制半小时。泡发了香菇和木耳。下锅爆姜片,翻炒鸡翅到变色,放料酒、生抽、蚝油和糖调味,放入香菇木耳,倒入泡香菇的水没过鸡翅,大火煮开撇去浮沫之后转中火焖,最后大火收汁。

第二天拿去学校的时候,班里有个同学每次路过,都忍不住拿一个鸡翅,再叉走两朵香菇。某个沙特妹子问我这是怎做的，我告诉她是一种中国式的料理手法，她一脸惊讶地说太好吃了。

经常在网上看到有中国留学生在家里做饭，吸引外国同学纷纷来蹭饭的故事，不由感慨下我中华美食魅力之无穷，从街头料理到大雅之堂，皆能游刃有余。身边一些朋友，从刚出国时候十指不沾阳春水，到现在轻松做出一桌饭菜，平时相约一起聚餐，就成了一场料理交流大会，不是一人带一个菜，就是不停地讨论你前天发的那个辣子鸡怎么做，我之前那个肉是怎么炖的，然后互相讨论改进。

问起他们学做饭的动力，倒是众口一词："比萨汉堡吃一个礼拜就觉得没意思了，扛饿还行，可是胃实在是受不了，还是自己做点吧，好歹也是家里的味道。"

5.
年底回国之前，我和琼瑶两个人在家里餐桌对坐，一人手里拿了支笔，在纸上写着回国的时候想吃的东西。晚上睡不着，想到要回家吃火锅就一阵心驰神往。我天天在家大喊着要去吃生煎馒头小笼包，要吃蟹壳黄糯米烧麦，他咆哮着想吃鱼糕豆皮热干面排骨藕汤。最高兴的时候，就是夜里12点敲过，盘算着离回家又近了一天,激动不已。

回国的时候天天在外面胡吃海塞,小伙伴调侃我是要吃满一年的回忆再回去,我苦笑着说哪里够撑满一年,可以让自己回忆三个月就足够了,剩下的九个月都得靠大众点评和美食公众号来幻想,想到都觉得自己可怜。

在上海很少可以看到雪,我到了加村之后倒是经历了人生中的第一次零下四十度,冷得琼瑶说他都快抑郁了。院子里的雪,厚度足以覆盖整个小腿。连下了一个礼拜的大雪之后终于迎来了第一个晴天,广东同学忍不住给我发微信吐槽:"原来以为来加拿大只是考验抗寒,没想到还要考验腿长。"

朋友圈里的每个人都在欢庆着新年,而加村小城毫无节日的气氛。我在家里叫嚣着天气太冷,没有做饭的动力,却敌不过琼瑶一脸"我要饿死啦!我要饿死啦……"的表情。想起冰箱里还有一盒前一天做好的四喜烤麸,于是下了一锅挂面,捞出来以后拌了香油,满满地堆在了烤麸上,暖了约几分钟,下筷子拌匀。浓郁的酱汁裹着滑溜的面条,虽然是素面,倒也让两个人吃了个心满意足。

离家千万里,唯有靠一口家乡美食来抚慰内心的思乡。在厨房里一次次尝试很多遍,只是为了试着做出从小到大妈妈的味道。平时以为自己能把想念掩饰得很好，没想到自己的胃早就缴械投降。长大以后，很难亲口再对父母说出那些想念的话，怕父母担心漂泊在外的自己，只好借着想吃的名义来表达。

哪里只是想吃啊，分明就是想家。

和我妈视频的时候，总是忍不住要问她："今天晚饭吃了什么呀？最近有没有出去吃什么好吃的呀？"

我妈总是问："你干吗老是问我们吃了什么？"

因为，我很想你啊。

到头来，
朋友圈弄丢了朋友

一直以来，我觉得比起微博，微信可怕得多。

现在见面说了没几句，就会热络地说："你有微信吗？"交换微信都成了一个基本礼节。有时候哪怕你不想，但是对方只要有了手机号，加你的微信易如反掌，那么你是接受还是不接受呢？

就这么慢慢的，那些不会出现来围观你微博的人，在朋友圈里全都出现了。爸妈、领导、同事、客户，还有某些你加了备注才能分得清是谁的亲戚和同学，似乎已经是一个常态，方便联络，方便发图卖萌，还能适当了解对方的生活，靠点赞和回复来拉近关系。你看，他们都喜欢这一套。

我妈是个很有意思的人，她不喜欢别人在微信朋友圈里面老是转发一个链接，有一次她很抓狂地指着一个人的朋友圈对我说："这个人的人生中就没有一点自己想说的话吗？"

我想了一会儿，对我妈说："也许不是别人没话要说，而只是觉得不合适说。"

前不久的某次午餐，同事 A 对我说："我有关注你微博哦。"我问她说："好啊好啊，那你叫什么我也关注你。"她冲我摇摇头："我不告诉你。"

顿时冷汗直冒，忙回想有没有在微博上吐槽过公司加班惨无人道，有没有吐槽过影响形象的奇葩事件，还有有没有分享过小黄片之类的。回家第一件事就是把微博从头到尾全部清理一遍，方可以长舒一口气，幸好没有乱来过。

类似的事情还发生过一次，例如远房亲戚在饭局上默默地说，我经常看你微博哦，总是会给人带来一种怪异的感受。内心的第一反应是还好我不在微博上 po 些什么个人短长，例如今天半夜又叫了个麦当劳之类的。因此还算坦然，想想你爱看就看吧，反正我是一个"哈哈哈哈哈""卧槽牛逼"的哈哈党。只是略有些担忧，他们大概以后看见我就会想起那些可爱的小黄图和被举报的节操微博吧。

只是内心偶尔 OS（内心独白）：对我而言，又少了一块自由的土地。

以前刚开始用人人和微博的时候，一有不开心就会发上来。上课太困要发，作业太多要发，半夜复习还要问一句有人在吗？不久前翻看了一下所有的微博，才发现自己原来发了好多现在看起来都很蠢的话，转发了无数矫情的言论。以前觉得非说出来不可的事情，现在觉得也就那样。

再也看不到有人会发状态抱怨说和男友吵架，质疑对方是不是真的爱自己。也不会有人说一些生活里遇到的尴尬事，或是轻易地表达自己的愤怒。目之所及，毕业以后，朋友圈的味道就变了。留学的小伙伴们做起了代购，进了银行的小伙伴开始每天发哪个产品的利率高，去他们银行存钱怎么划算，贷款怎么便宜。进了外企的每天都是满满正能量，"Fighting"或是"品牌新闻"，还有一些奇奇怪怪的，例如做回归身心，做养颜护肤的，那就是每天都在刷屏的节奏了，宣传自家的产品有多好，让人起死回生，返老还童，也不知道他们自己会不会相信。

除了工作以外，就是"今天去哪里吃饭了好幸福""今天去哪里度假了好开心"，最差的也是"今天要做一个有收获的人"，到处都是一片虚假繁荣，大家开始只po开心的事情，那么不开心的事情呢？

人长大了之后，朋友圈就再也不是只有朋友了，长大了，就算再难过，也不会共享情绪了。

那些一往无前的"我有话要说"，通通变成了"今天我很好"，倒像是那夕阳下的奔跑，是我逝去的青春。

唐在朋友圈发的东西有种"最近不开心"的气息。虽然没有明说原因，但是可以从字里行间感受到。我问她怎么了，她也不愿意说些什么。我回复她，问她如何，她都说还不错。是啊是啊，从很不好到非常好之间的那一段，都叫还不错。有时候想起以前的她，会被男朋友的不理解气哭，在社交网络上说自己真的很难过，想要别人理解。可是现在呢，所有的故事都成了那三个字："还不错"。

以前那个会抱着我哭的唐再也不见了。会飞奔到我寝室和我挤一张床的唐消失了。她没有了情绪化。不知道为什么，突然有些怀念那时候的她。许是我也并不愿意承认，在毕业之后我们不再那么亲密无间，由于工作的原因我们很少见面，大多就是在朋友圈里互相留个言。

唐，这是成熟了吧。

如果成熟就是不会再在大家面前放肆地哭和笑，不会再毫不顾忌地分享自己的感情。那么幼稚的人最快乐，因为想做什么就可以做什么。但是这世界没人喜欢幼稚的人啊，所以成熟的要义，就是要在"我开心"和"大家都开心"之间找一个平衡。你看那些人都学会了不动声色地长大，戴上了一张遇到所有人都会说"我最近还不错"的面具。渐渐地相信的人也就多了，就连好友都忘记了上前问一句脱下面具我们拥抱一个好不好。

原来社交媒体，终究是为了社交而存在的。你无法在上面看到你朋友的真实生活，你无法了解到你的父母是否真的快乐。朋友圈也好，微博或是其他也罢，都是一句"请组织放心"的保证。如果真的还顾及他们的话，多给他们打打电话，多见见面，每一种都会比通过朋友圈点赞来得自然。

从前误以为，社交媒体拉近了人的距离。现在却发现，它把我们的真实越推越远。破坏了温情脉脉的交流，简化了彼此间的体贴,我们住进了社交媒体,就像住进了一个玻璃房子,四周看到的都是拿着剧本的演员,然后我们也按照剧本开始了同样的表演。

一开始没想过,到头来,朋友圈弄丢了朋友。

"你最近好吗?"

在朋友圈里:"最近,我挺好的。"

!○
吃饱了，
再说也不迟

1.

高二的时候选高考的加一项目，在爸妈的坚持下我选了化学。从此开始了每周去上两节额外的化学课的生活。同一年我缠着我妈给我买了一个飞利浦的小烤箱,订了一本《贝太厨房》，我不会做饭，可是我很爱看。

烤箱到家以后的一段时间里，我对做出一个蛋糕的热情空前高涨，买回来许多做蛋糕的杂志，最后终于被我找到一个最弱智的酸奶芝士蛋糕，选择它的理由是所有的材料都能在我家对面的超市买到，对于我这种懒人来说，这就是最好的理由。

蛋糕做得还行，成品出炉的那一刻我激动得广发消息给前后左右的伙伴："等着我明天给你们带芝士蛋糕吃！"第二天我拿出了冻得硬邦邦的蛋糕，发现没有办法脱模，幸好母上大人比较机智，给了我一个大号的食品袋："你就这么自己拿着去吧。"我把蛋糕小心翼翼装进书包，像是装着自己的少女心，骑着自行车一路风驰电掣，蹬到学校，终于赶在早读课前拿出来丢人现眼。

"好吃哎。"同桌姑娘果然好姐妹，非常给面子。

上午的第三节课，就是那额外的化学课，和其他班的同学混在一起上，同桌姑娘怂恿我把蛋糕也带上，"待会儿饿了能吃"，她对我很认真地说，这种理由简直让人无法抗拒。课间的时候，同桌姑娘对我说："我饿了。"然后伸手把我课桌里的蛋糕拿了出来，拿出了一把之前准备好的塑料勺子，狠狠地挖了一块。

这时候远处蹦跶来了一个外班的眼镜汉子。"这是什么？"他指着那盆看起来已经被挖得乱糟糟的东西说。"这是……蛋糕……"我简直觉得羞愧。

"我可以吃吗？"眼镜汉子说。

我拿出另一个干净的塑料勺，递给了他："吃吧。"

眼镜汉子一点都不认生，挖了一勺蛋糕。"好吃！"眼镜汉子赞叹完，刚想再挖一勺，一回头发现老师已经站到了讲台上准备开始讲课，"勺子你拿走吧。"我说。

他点点头，跑到了教室的另一个角落坐好。

"这人是谁啊？"我问同桌姑娘。

"我不认识。"同桌姑娘摇摇头。

"和七班的人坐一起，是七班的？"

"大概是吧。"同桌姑娘说。

2.

认识眼镜汉子的很多年之后，他成了我的男朋友。他在长江头，我在长江尾。异地是一件很让人疲劳的事情，从上海到武汉，单程要坐六个小时的动车。记得以前在网上看到一句话："我为你翻山越岭，却无心看风景。"大概就是异地恋最好的注脚。在一起之前，我几乎没有坐过火车，在一起之后，我口袋里的车票，也就只有这一个目的地。

情人节那天，我买了一盒巧克力送给他，他说很喜欢那个味道。隔了半个月我去看他前，特意去买了一盒一样的巧克力。下火车的时候，却忘在了车上。他来车站接我，看到他的时候我才想起来:"卧槽我的巧克力呢!"整个人沮丧得不行,恨不得掉头就坐火车回上海。

他没有笑话我。也没有怪我。

"下一次回上海的时候一起去吧。"他拿着我去之前提到过的很好吃的鸭脖子,对我说。

3.

上一次去武汉的时候,住在他租的房子里。我到的时候是下午3点,从汉口火车站坐地铁到街道口,下来再打车到武大的茶港门,找他的朋友拿了钥匙,拖着行李箱走了半个小时,才走到了他的住处。放下行李的第一件事是打开冰箱,空空如也,只有一瓶蜂蜜和一个柠檬在和我大眼瞪小眼。

理科男总是要做实验的,在我在武汉的那几天里,他一直都泡在实验室里忙活,或是在寝室里面写论文,而我在家里看完了整整四本书,不看书的时候,我去逛了一次超市,买了些水果和速冻食品回来。见面的时间其实很短暂,而在一起的时候,也总是和食物有关。

一天晚上10点,他给我发短信说刚从实验室出来,肚子饿了。

我问他:"要不要吃汤圆?"

他说好,还有半个小时就到。

租处只有一个很小的奶锅,刚刚够煮一些面条。我烧了一锅水,看着它煮开,把所有的碗筷又烫了一遍。又煮了一锅水,我似乎第一次掐着每分来煮东西,怕早下锅煮熟了,他还没到,再加热会糊,怕晚下锅了,他回来的时候吃不上热的。

其实他并没有那些讲究,只是我在牵挂这件事,对于许多人来说,回到家里,饭是热的,是一件多好的事情。

4.

五一的时候我们和另一对情侣去扬州,说好第二天早上8点一起去冶春喝早茶。结果第二天早上除了我,他们三个统统睡过头。

"我给你们去买回来吧。"我说。

收到了三个"好!"。

排队的时候我爸给我发微信问我在干吗,我说在买外卖包子带回宾馆。我爸说:"你真是像你妈一样。"

在家的时候,我妈总是每天早上很早爬起来去给我和我爸买早饭,顺便再掐上爷爷奶奶的那份。有时候是包子,有时候是葱油饼，有时候是生煎锅贴烧麦。甚至她会开车出去，就为了去一家别人说好吃的店里买点心回来给我们。

我喜欢听她打开门时候高兴得大呼小叫："两个懒鬼起床吃早饭啦，来看看我买了什么好吃的回来。"

似乎全天下的妈都是这样。

她们不一定擅长做饭，她们只是擅长把爱的味道加在食物里面。

5.

认识胡舒欣，是因为她写的那篇《你饿不饿，我做饭给你吃》。她的书出版前我们见了一次，她问我是这个书名好还是另一个好，我说我喜欢这个，听起来很暖。

我并不会做饭。虽然我很喜欢吃。我做饭的能力也仅限于蛋炒饭。因此我觉得，她愿意为了一碗扬州炒饭而付出那么多的精力，真是一件伟大的事情。就像我妈，每次在家请朋友，最高兴的就是大家把菜通通都吃光。

我对于食物的欲望很深，而又很挑剔，既然想吃，那就不要将就。可是每次觉得沮丧的时候，我就会煮一锅的酸辣汤，再下很多粉丝，打两个蛋，稀里哗啦地吃一大碗，感觉就会好很多。这世界上许多重要的情绪,都和食物联系在一起。

它是人最后的慰藉。

毕竟一碗可口的咖喱饭,不会抛弃你。

如果你不够快乐,那一定是没有吃到让你快乐的食物。

最后以一句最近读到的很喜欢的话来做结尾:

希望你们没吃饱饭的时候,对固执的人,恨意重重的人,不要理会,先吃,吃完再去找他们算账。

!〇

我拼命挣钱，
不过是不想为钱而抱憾此生

1.

一个很要好的哥们儿在大四实习的时候去了一家外资公司的销售部门。每日里忙得脚不沾地。在我们还待在办公室里天天对着电脑的时候，他的日常就成了跟在老板后面到处跑。陪客户喝酒，做客户的司机，为了签单简直成了个全职小弟。

说起来，当年哥们儿在学校里也算是个出名的风云人物，也不乏崇拜者。其中有个学弟很佩服他，觉得哥们儿简直能干得不行，后来一次，学弟偶然得知哥们儿工作的时候也是成了一个随叫随到的小弟，学弟表示整个人都有点崩溃。

有次聚餐的时候，学弟跑来问我：

"学姐，为什么学长那么牛的人怎么会为了一份工作对别人各种逢迎？"

"因为要生存啊。"我想了想，告诉他。

大四开始实习的时候，哥们儿老是说以后要是有机会了，就再也不干这行了，太累人，感觉自尊心都快被磨没了。有的客户素质挺好，看见他挺客气的，逢年过节他发的问候短信，对方还会回复一个谢谢。也有的客人就是一副我有钱我老大的样子，就差没把他当保姆用了。记得有次我们几个人在外面吃饭，菜刚端上桌，哥们儿的手机响了。

他接起来："喂？×××总您好，我？我现在不忙，什么事儿您说。"

对方在电话那头又说了几句，哥们儿在电话这头应着。

过了一会儿电话挂了，他低头叹了口气，然后跟我们说，那个×××总是他最近新跟的一个大客户，还在洽谈中，老板对这个单志在必得，要求无论如何都要把这个×××总给哄好了。刚刚×××总打电话过来，就是自己喝多了，想叫他过去帮忙开车。

"他就不能叫代驾吗？"另一个哥们儿说。

"他说代驾他不放心，我不说了，唉，今天不好意思啊，我得先走了。"哥们儿拿着自己的东西就匆匆忙忙走了。

那天晚上快12点的时候，他在微信群里说刚到家，我们调侃他这一圈可兜得真够狠的。他说别提了，打车去客户那里就花了三十多块，到了还被客户埋怨说怎么来得那么迟。好不容易把客户送到家，从客户家里出来，发现附近连辆出租车都没有，打车软件加了二十块都没有师傅肯接单。他只能自己一边走一边碰运气，最后走了快一个小时才打到车。

一晃就毕业了，他没有跳槽，还是留在了这家公司。许是看他表现一直勤勤恳恳，干得不错的样子，公司也划了一块业务区域给他。倒不是地方有什么问题，而是那块区域在上海的郊区，开车过去得一个多小时。每天早出晚归，忙得神龙见首不见尾。有一次和他聊微信，他说自己现在一个礼拜就能和父母吃上一顿饭。

我问他不是原来打算跳槽吗，他说做别的都没有现在工资高。

他又重重叹了一口气："累就累吧，总比挣不到钱要好。爸妈年纪也大了，难道要他们养一辈子吗？"

2.

第二个故事,和爱情有关。

有一对相识的恋人,从高中开始就在一起,到现在大概已经快 10 年了。双方家境差不多,都是普通的工薪阶层,住在普普通通的老房子里。小情侣双方的工资算不上高也算不上低,每个月各自到手 5000 左右。女孩子今年 26 岁,几乎从大学毕业起家里人就一直在催,说你们既然谈了都那么久了,干脆早点结婚吧。

女孩子也觉得早点结婚不错,就跟男朋友提了。本来以为男友会欣然同意此事,没想到男朋友说现在刚毕业,没钱买房子,你再等等我。

女孩子同意了。

大概过了两三年的样子,男生的工资涨了涨,不过工资上涨的速度远远赶不上上海房价的飞升。如果说当时大学刚毕业两年,姑娘还不着急的话,那么现在过了 25 岁的大关,身边的朋友们一个个像约好了一样迈入了婚姻的大关,姑娘自己心里也有点着急了。父母年纪渐长,也老是对姑娘唠叨,希望她能早点结婚,自个儿年轻还有精力帮着带孩子。

一开始的时候,姑娘还替男朋友遮掩几句,把理由都推在自己身上，说自己还小，不想那么早结婚。可是爸妈在耳边念叨得多了，姑娘的心思又起来了，心下也对结婚这事有了点想法。于是有天晚上，姑娘纠结了一下，还是给男友发了微信。

"亲爱的，我们也不小了，要不今年把婚结了吧。"

姑娘等了半晌，男友的回复都没有过来。姑娘越等，心情就越差。就在姑娘差不多要炸毛的时候，男友的回复来了，还是老三篇的那四个字："再等等吧。"

姑娘急了："我已经等了好几年了，你到底打算不打算和我结婚？"

男友说："肯定是打算的，可是没房子啊。"

"那你打算让我等到什么时候？"姑娘问男友。

"再过两年吧，至少攒够首付再说。"

姑娘就怒了，我这儿都已经认清现实了，原来你一个大男人还在做梦呢。按照他们俩的收入，想要攒够首付，估计得等到四十多才能结上婚。人在生气的时候不能想事情，一想姑娘就急了，可是尽管如此，她还是耐着性子地对男友说："凭我们的工资，这两年靠自己现在买房子几乎是不可能的事情，要不我们双方父母凑一点，在地段比较差的地方先买一套，把证领了，大不了婚礼就不办了，我们去旅行结婚。"

"再说吧,我觉得不太好。"男友回复。

"如果今年不能把结婚这事解决了,我们就分手吧。"姑娘气急了,给男友下了最后通牒。

一看姑娘提分手了,男友也生气了,想着姑娘一点都不理解他的实际情况,满脑子想着结婚。再想想,还是觉得根源在于姑娘对自己的工作能力没有信心,心里一下子特别失落,越想越觉得生气。第二天一觉醒来,男友觉得还是舍不得姑娘,就给姑娘发短信想要求和,没想到这次姑娘是铁了心想要自己给个答复,不管男友怎么安抚,姑娘就一句话:"要么结婚,要么分手。"

一来二去,一个觉得对方不够诚心,另一个觉得自尊心受损,话越说越僵,干脆到了互不理睬的地步。男生也气了,怒甩了一句话:"分手就分手。"

等到反应过来,开始后悔的时候,发现姑娘早就把自己拉黑了。上门去找姑娘,她也避而不见。男生给姑娘的爸妈打电话,姑娘爸妈也是有点不满,心想着自己够诚意了,都肯拿积蓄出来为女儿付首付,没想到这准女婿还是不领情,心下当然不舒服。不冷不热地回应了几句之后,就挂断了电话。

就这样,10年的感情,因为一套房子,吵没了。

之后一次我和男生聊天,他依旧觉得很懊恼。反复地重复着要是有钱就好了,这样就能顺顺利利结婚,也不会因为这样和姑娘吵崩了。说起来古时候有句话,叫贫贱夫妻百事哀,倒也能形容这个场景。如果不是因为经济条件限制的话,很多矛盾其实都能迎刃而解,一些在生活中因为钱而造成的龃龉,则会更少地发生。

经常有人会说,感情就是要经过考验云云。但事实上,很多对本来恩爱的情侣或是夫妻,因为缺钱而分离的不在少数,并不是说感情不够牢固,而是再牢固的感情,都经不起生活中不断积累的摩擦带来的损耗。有钱的夫妻就没有矛盾了吗?当然也是有的。但是一定的经济基础,至少可以保证感情中的双方不会因为谁多吃了一块肉这种事而大吵一架。

3.

曾在知乎上看到了一个问题:"中国真的有很多穷人吗?"

最高票的回答来自于一个"不算穷"的人,已婚博士,夫妻二人年收入总和约20万,有房子,在二线城市工作。双方父母在三线城市生活,都属于小城市中的富裕家庭。然后事情来了，先是岳父被查出了癌症，小夫妻双方的工资瞬间就有点不够看了，幸好头脑灵活，两个人到外面去讲课，做培训，接项目，收入也上去了一大截。岳父熬过了近两年的时间之后，没多久，男方的父亲查出了白血病，又是一大笔开支。

　　他说，从来没有觉得自己离贫穷那么近过。

　　想起了认识的两家人，经济状况简直天差地别。一家很富裕，老爷子年轻时候到处打拼，哪里能挣到钱就去哪里，不管那个地方有多艰苦。后来积累了财富也抓住了机遇，就滚雪球一般越做越大。膝下一子一女，现在家里有工厂，专做出口贸易，家族企业上市。老爷子是这个企业的创始人兼董事长，大概是在2005年的时候，老爷子被查出了肺癌三期。家里人马上把他送到了上海一个著名的三甲医院，住的是外宾病房，往来的医生都是德高望重的专家，有护士时时看护，病房设施很齐全，和高级宾馆比起来也不遑多让。

　　其实按照当时的医疗水平和老爷子的身体状况来说，病情基本上算是挺凶险了。可是家里人舍得花钱，有什么好药就用什么好药，当时各种高级的营养品全都上了，什么野山参灵芝冬虫夏草之类的每天换着喝，前前后后连住院费营养费到做完手术出院，一共花了百来万。

出院以后老爷子先是在上海的豪宅里休养了一阵，然后就被接回了自己常住的城市。申请买了一块地，造了个庄园，各种设施一应俱全不说，还自己雇了人养鱼，养鸡鸭，种菜，等等，说是担心外面的食物都有农药和激素，对身体不好。还请了一位退休的老专家，给老爷子做私人的保健医生。反正一切都是从老爷子的身体健康的角度出发进行考虑，家里花了大价钱打造出了最舒适的休养条件。

对，尽管当时不容乐观，可是直到如今，在各种金钱堆出来的良好条件下，这位老爷子依旧健在。

然而，另一户人家就没有那么幸运了。家里的老人和前文里的那个老爷子年纪差不多，年轻的时候安安稳稳的工作，上班下班，生儿育女，没有很多建树，儿女也继承了父亲的性格，习惯于安稳度日。

老人一共生了七个孩子，其中三个儿子，四个女儿。每个孩子家里的经济状况都不是太好，工薪阶层，靠工资度日，都住在上海老式的新村里。同样的故事，老人病了，不是肺癌，是直肠癌。可能对癌症稍微了解的人会知道，直肠癌的预后会好于肺癌，发病速度也相对会缓慢一些。老人被送去了医院以后，动了手术，然后遇到了最关键的问题：钱不够。癌症的术后养护是需要一大笔钱的，才能保证癌症病人的健康和营养。

可是一次手术，基本上就把老人的积蓄给花得干干净净了。

虽然老人的子女众多，可是每个子女的条件都比较紧张，自家也要生活，手头上的余钱不多，零零碎碎也凑不出太多的钱来。老人也不是不了解孩子们的经济状况，想到他们还有自己的家庭要照料，又何必在自己身上花太多钱。于是，老人在接受了几次术后化疗之后，就选择了出院回家。医院关照他一定要按时回来继续做化疗，老人考虑了很久，还是放弃了。

出院以后，老人手里握着不高的退休工资和所剩无几的积蓄，放弃了医生说的需要足够营养补给的建议，依旧和以前一样，落市的时候才去买便宜的蔬菜，回来清炒一下，就是一顿饭了。只有在儿女来探望他的时候，他才会去买一小块肉，做一个炒肉丝，算是沾了点荤腥。医院配的药在出院之后的一个月就吃完了，老人前去买药，发现许多特效药都不包含在医保里，需要自费购买。粗略地算了下，大概一个月的药需要自己花三四千元。他思考了半晌，颤颤悠悠地坐上了回家的公交车，自此自己给自己断了药。

由于出院以后没有得到很好的照料，也没有进行后续的治疗，老人的情况很快就恶化下去。不到三个月，出现了明显的消瘦、疼痛的现象。他去医院拍片，发现癌细胞转移，医生劝老人尽快入院手术，可能还有机会。他沉默了半晌，最终还是摇头拒绝了。

大概又过了两个月的时间，老人去世了。子女哭得伤心欲绝，不知道他们中有没有一个人想过，但凡经济状况好一点，完全可以让老父亲多享受一段时间的人生，而不用让他一个人独自默默承受着癌症带来的痛苦。

可能有的人要说，癌症并不是有钱可以治愈的。以前有句话说：钱买得来房子，买不了家庭，买得来治疗，买不了健康，云云。可是事实上，如果有钱的话，至少可以让生病的老人减少很多痛苦。治疗肺癌用的易瑞沙一个月的价格大概在两万，服用下去以后病人的精神状态和身体状况有明显的改观，然而普通的药物并不能起到这样的效果。有钱的话可以让病人住更好一点的病房，得到更多的营养的补充。没有过类似的经历的人或许不会明白,当你身边的亲人遭受着病痛折磨的时候,你其实是完全无能为力的,到那时候你才会意识到,你唯一可以做的,就是尽你所能,让他们受到更好的医疗待遇。

而这一切,都需要金钱的支撑。

4.

总是有人喜欢用很文艺的口吻说,人生无时无刻不在错过,也难免有太多的遗憾。生老病死,还是爱别离,都是遗憾,无可避免,无可逃避。

可是,不是所有的遗憾都不能弥补。

哥们儿想要多挣钱,不过是想让父母不要为他担忧,想要回馈给父母更好的生活。爱情故事里的女孩子如果真的拜金,就不会提出不要戒指不要婚礼,她要的只是一个稳定的居所,可以和心爱的人每天安安稳稳地经营着自己的小家庭。还有那些有着病人的家庭,身为亲人,只是希望他们可以在能力范围内减少痛苦,延长生命。哪怕是面临必死的命运,也可以在洁白的病房里体面地死去,而不是被扔在医院楼道的床位等死。

我们并不能因为一些遗憾是遗憾而坦然,假装所有的痛苦都是无可避免的,从而给自己一个良心上的安稳。

面对问题的时候,有的人喜欢用骂来解决所有的问题,骂医院太黑,骂女友拜金,骂社会世俗,别人都是唯利是图。可是骂可以解决问题吗?骂除了证明自己的确是无能之外,什么都解决不了。我们只不过是平凡的普通人,唯一想做的仅仅是让自己和家人的生活过得好一点,有安心的食物,舒适的居住环境,及时的医疗,还有子女良好的教育。不论在国内国外都一样,没有钱,什么都做不了。

这一切和金钱的崇拜毫无关联,与唯金钱至上也没有关系。与其说是对金钱的渴望,不如说是对一种生活的渴望。

我们为什么拼命挣钱?

无非就是想让生命中那些可以因为钱而能弥补的遗憾变得少一点,再少一点。

!○
这世上我们
无能为力的事情有很多

年底回国的时候，和一个朋友约好了吃饭。因为常能看到她前男友回复她的朋友圈，于是闲聊着，顺口问起了前男友的近况。

朋友愣了一下，然后叹了口气说，他的父亲去世了。

5月的时候，他的父亲查出来罹患肠癌，医生说依照他爸爸的情况，动了手术之后保守估计还能活两到三年。那时候的他还在英国读书，于是他的爸妈决定先把这件事瞒下来不告诉他，让他安心学业。在他的父亲整个患病期间，他的父母都选择了在前男友面前演戏，不让他有所察觉。说起来，精神压力最大的当属前男友的妈了,一边要照顾生病的丈夫,另一边还要瞒着儿子,心里难受却不敢有任何的表示,只好整日里强颜欢笑。

看到他妈妈憔悴的样子,他爸还特别淡定地安慰他妈:"还有两三年呢,说不定我还能看着儿子结婚。"

前男友经常每隔一日要和爸妈视频聊天,一开始的时候,他爸还强撑着精神,特意找个看着不像是医院的环境来和前男友视频。但是好景不长,他爸的病势出人意料地来得非常凶猛,尽管动了手术,可是传统的手术治疗方法根本无法阻止癌细胞的扩散。持续性的疼痛让他爸很难吃下东西,维持生命的大部分营养只能靠针剂来补充,很快,他爸爸的体重开始大幅下降,人也渐渐虚弱了,从一个本来有些圆润的中年人,短时间内就成了一个消瘦的病患。

他察觉出不对劲,视频时候问自己父亲:"老爸你怎么看着瘦了那么多?"

他爸强打精神:"我最近减肥呢,不信问你妈。"旁边他妈笑着附和,一转头,眼泪就止不住地打转。前男友的爸爸和妈妈就在这种凶险的情况下,依旧选择继续隐瞒病情,装作若无其事的样子。尽管痛得不行,他爸也从未在儿子面前发出过一声呻吟。

直到8月份左右，前男友处理完所有毕业手续回了国，才知道自己父亲的病情竟然已经到了药石无灵的地步。在他回国之后的不久，尽管已经尽了最大的努力，他的爸爸还是撒手人寰。

此事给他带来了很大的打击，他痛恨自己没有早一点发现父亲的不对劲，还傻乎乎地相信着爸妈瞒骗他的说辞。他曾经想过很多次，自己毕业工作之后要带着父亲到处去旅游，看一看那些父亲从来都没有去看过的风景。可是他还没有攒够钱，还没有准备好，父亲突然就不在了。最让自己挫败的是，当父亲最难熬的时候，他居然不在父亲的身边。

有一次，一个学长曾经和我说过他的经历，前年的一天，他正在上班，突然接到家里电话，妈妈跟他说外婆在家不小心摔了一跤，晕了过去，已经送医院了，让他不要担心。他心里莫名一阵强烈的不安，马上买了第二天最早的机票打算回老家看一下。当天晚上，他怎么也睡不好，一直梦到各种各样小时候的事情，好像他还是一个很小的孩子，梦里外婆给他蒸了他最喜欢吃的糖糕，包了包子。她用力握了握学长的手，叫着学长的小名说:"外婆要出远门咯。"

第二天早上学长醒来的时候,心里觉得闷闷的不舒服,行李也没准备就赶去了机场。出了老家机场的大门,他还没有来得及和父母打电话通报,就接到了父亲的电话,告诉他外婆过世了。

他打了一辆车赶到医院的时候,从小把他疼爱到大的外婆已经盖上了白布。

后来有很多次,他都会想起那个充满预示的梦,很后悔为什么自己没有买早一天的机票,也时常会想,如果自己在梦里拉住了外婆不让她出远门,外婆会不会就不会走?

他说给我听的时候,问我说:"你看我是不是很傻?明知道不可能的事情,却总还是要想一想。"

亲人离去以后,总是看到有人会为了最后一面,或是少说了几句话而反复折磨自己。可是我们心里都明白,哪怕见了那一面,说了那几句话,又能怎么样,总是会有遗憾的。我们缺的永远不是那些未完成的事情,而是悲伤着无法再次前进的,有着你们的未来。

我们既然无法永远地留住那些无比重要的人,就只能把自己留在长长久久的思念里面。别离太过残忍,虽然我们明知道那是人生中必须经历的一场变故，可依旧觉得艰难万分，你说知道人生总是要告别的，可是能不能，不要来得那么急？

2.

《滚蛋吧，肿瘤君》这部电影上映的时候，朋友圈满满刷着"好感人"的评论。

可是身为一个有着身患癌症去世的至亲的家属，看到这部电影的名字，就觉得不忍直视。

去年5月底，爷爷生病了以后，一直在服用一个很昂贵的肺癌特效药，每月大概需要两万多。药商也会定期地电话过来询问一下情况，主要也是记录下来作为实验和收集数据的使用。一开始的时候，药效非常的好，对肿瘤有很明显的控制，甚至都出现了许多钙化点。我们全家对此都极为乐观，心想着老爷子这次大概可以逃过一劫。可是后来，病情还是急转直下。我们唯一可以做的，只能眼睁睁地看着他一天天的衰弱下去。

爷爷吃得越来越少，晚上疼得辗转反侧。急速地消瘦，原来称得上是稳健的步伐，渐渐也迈不开了。很难形容当时自己的心情，12月的时候，我去医院帮他拿报告，拍片报告上清楚地写着肿瘤在扩张，在别的地方扎根。我还记得，自己拿着那张薄薄的纸,坐在医院门口的台阶上大哭。身边的人来来往往,只感觉自己是那么的孤独。

爷爷是一个很坚强的老人。即使自己的病情已经发展到要服用大剂量的止痛药才能入睡的地步,还会笑着安慰我们说他感觉变好了。可是到了后来,他也会偷偷地,一脸担忧地跟我说:"囡囡啊,阿爷这次大概是撑不下去了。"

在爷爷走后的第二周,我和我爸出去办事,路上来了个电话,是爷爷生前服用的特效药的药厂打来的,电话那头一个女声问我爸:"请问这个月为什么杜老先生没有来购药呢?"我爸说:"他已经去世了。"对方冰冷冷地说:"对不起,请节哀。"然后就挂了电话。

长这么大以来,很少看到我爸流泪。那天他坐在车上,哭了很久很久。

还记得小时候,印象最深刻的一场噩梦是梦到爷爷去世了,有很多人都在哭,我吓得在梦中哭醒,过了好久才迷迷糊糊睡着。第二天一大早就急急忙忙地跑到奶奶家去。爷爷见到我出现,一脸惊奇地问我囡囡你怎么来了,我笑眯眯地看着他,看见他们两个人都好好的,才放下心来,高高兴兴地回了自己家吃早饭。

去年爷爷去世后的很长一段时间，我一个人在加村生活，开始了长期的失眠。每天晚上都很难睡着，睡着了也很容易做梦，哭着哭着就醒了，然后整晚整晚地在发呆。说不清自己的心态，既渴望可以梦到爷爷的样子，又怕面对梦到他高兴地笑，像小时候一样宠我，可是醒过来的时候，却发现他再也回不来的那种残酷。

不知不觉，爷爷去世已经快一年的时间了。在你面对亲人离去的时候，最艰难的一件事莫过于很少有人可以与你交流和倾诉。当你还是会纠结的时候，只能一个人想一会儿。

以前害怕的梦境，有一天成了现实。曾经和煦的笑容，如今只能在梦里才会看到。想来真是如同一场讽刺剧，背后是我们都无法不面对的惨淡。

是从什么时候开始的呢？那些陪伴着我们长大的人，两鬓渐渐增添了白发，疼爱我们的老人，开始无法逃避生命的催促。

我们这一辈人，还没有做好接受老人离去的准备，无法接受那些在我们生命中如同山一般巍峨的生命，突然就倒塌了。他们听了许多我们幼稚的梦想，却像是没有听到我们希望他们不要离去的呼喊，我们尚未成为一个足以令他们骄傲的人，他们便要在我们的人生中匆匆退场。

　　光阴像是一把伤人的利剑,在我们还丝毫没有意识到的时候就把我们生生剥离出童年时候的幻境。也说不清从什么时候开始,每年的愿望从希望自己变得更好,变成了希望全家人的身体健康。

3.
　　之前不知道为什么,一个晚上,我突然和妹子聊起了胡姑娘。

　　妹子说:"我还记得那时候我很小,大概刚刚上初中,有天放学回家,看到她们一家来做客,她对我说妹妹你不要急,等你长大了,姐姐把所有你现在不能看的漫画都送给你看。"

　　妹子今年要上大学了,已经可以去看那些当时不能看的漫画了。

　　可是胡姑娘,却已经不在很久了。

　　胡姑娘是我爸妈朋友的女儿,终年只有17岁,病因是骨癌。一开始并没有查出来,只是一直喊着腿疼,后来她妈妈带着她去做了几次推拿,仍然不见好,才决定带她去医院。那时候查下来是晚期,医生说要动手术,有很大的可能性需要截肢。

还记得胡姑娘偷偷地对我妈说:"阿姨,你能不能劝劝我爸妈,要是要把腿截掉的话,我就不治了,实在是太丑了。"我妈又好气又心酸,揉着胡姑娘的脑袋说:"傻姑娘,想些什么呢,阿姨一定会跟医生说,把你的腿给保住的。"胡姑娘听罢,这才高兴地笑了起来。

医生的手术的确很高明,最终在没有截掉胡姑娘的腿的情况下,把肿瘤给切除了。当时每个人都特别的高兴,胡姑娘不仅保住了命,还保住了腿。可是大概过了一周不到的时间,胡姑娘的脸上出现了异常的肿块,医生送她去拍片检查,胡姑娘的母亲在 X 光室门口一直不停地祈祷,希望女儿平安无事。可是天不遂人愿,大概就是如此。胡姑娘的检查结果表示,她身体中的癌细胞转移到了上颚,这才是导致脸部肿块的根源。

在胡姑娘爸妈的坚持下,医院很快为她安排了一场手术。可是谁想到,胡姑娘离开得那么突然。似乎一切都是毫无预兆的,在手术前的一个晚上,我们一家正在家里吃饭,忽然接到了胡姑娘爸爸的电话,电话那头的胡叔叔整个人都在颤抖,不断重复地说着"胡姑娘走了"的消息,带着巨大的悲伤。

我爸妈当时换了件衣服就冲了出去,我也想跟着,却被我妈拦住了。在之后很长的一段时间里，不论是胡姑娘的父母，我的父母，还是身边认识胡姑娘一家的朋友们，都非常难接受这个事。许多人看着她从小长大，就这么活生生的，充满朝气的一个小女孩，突然说没就没了。胡姑娘走后，她的爸爸一夜白头。

好多年过去了，我一直留着胡姑娘的QQ号没有删，她的最后一条QQ签名是："我静静地离去，就如我悄悄地出现。"

每次想到胡姑娘，我都觉得生命的脆弱让人感慨可笑又不公平，这世界上很多作恶多端的人还活得好好的，而一个小小的、善良的女孩子，就这么说没就没了。如果善恶终有报，那么为什么好人没有好命，又为什么祸害遗千年。

一个个活生生的、和我们血肉相关的人，带着所有美好的记忆、感情的寄托，就这么离开。对药商来说，不过是一个终结的实验数据。对墓园来说，不过是做了一笔新的交易，又刻了一座新碑。你所在乎的，愿意用生命去维护的那些人，在别人眼里，也就只是那样。而人终其一生，大多也只是在你爱的人眼里才有着至高无上的价值。

你失去的那个人，对其他人来说，都不过是一个名字，只有你知道，你失去的是怎样一种人生。

4.

我打游戏的那个服务器是川服，有很多四川和重庆的朋友。有一次，团队活动的间隙里大家在闲聊，说起08年那场汶川地震。团里的一个法师说，那时候他刚刚开始玩，跟在一个公会里面打游戏，突然队里的奶妈掉线了。当时会长给奶妈打电话，却一直都没有人接，QQ叫他也没有回复。

他们本来以为是奶妈有什么急事匆匆出门了所以才掉了线，没有想到坏处。等到晚上看了新闻才知道原来是发生了大地震，平时只知道奶妈是四川人，却不知道究竟是四川哪里。新闻里不断在刷新着死亡和失踪的人数，大批的部队进去救援，还时不时有余震传来。电视里总是在放有多少人被救了出来，鼓励大家要有信心，可是这一个两个，在倒塌残破的背景下显得那么触目惊心。

大家在公会的QQ群里惶惶不安，祈祷着奶妈平安无事。团长一晚上拨打了无数次奶妈的电话，始终没有人回复。

后来，奶妈再也没有上过线。

会长和很多在地震中失去游戏里的战友的人一样，把公会群的公告改成了，奶妈没有死，只是掉线了。

天津大爆炸的时候看到了一条热门微博，博主的弟弟是这次天津大爆炸里牺牲的消防员之一，今年还没有满18岁，就在天津大爆炸中付出了自己的生命。小时候看新闻，对于去世了多少人并没有什么概念。只觉得心惊肉跳。到了现在，一直在想的却是，一个人走了，他的父母、爱人、朋友该怎么办。

官媒高喊着英雄，可是对亲人和朋友来说，他们不要有一个牺牲的英雄，在他们眼里哪怕你一辈子庸庸碌碌，只要你平安健康地活着，就比一切都重要。

不要总是在事情发生之后，才再跳出来说意识到要珍惜身边人，说你明白了要去好好地爱别人因为不知道明天和意外哪个会先来。然后随着事件的平息，又轻而易举地忘了这一切。

5.

谈了那么多的死亡，有的让我们心里一叹，也有的让我们久久难忘。我们总是说，死亡最让我们明白的一件事，就是去珍惜活着的人，还有自己仍然拥有的美好生命。每天看到有很多人为了一些小事痛苦纠结，在原地徘徊自怜，纵使别人劝解也依旧执念非常。

突然想起来，小时候因为考试不顺利而分外难受过，而现在的我也不过觉得还好罢了。就像不听话被妈妈打，喜欢的乐队 CD 被扔掉，长大了以后失恋，因为三观不合和人争执，经历的时候，总会觉得这种不高兴和痛苦会被牢牢记住很久，以为这一天是人生中最难受的一天。

后来你发现，人生不过是像春晚一样，你以为一五年的已经够糟了，没想到看了一六年的，你会突然觉得，其实去年也还好啊。再想想去年让你吐槽个不停的春晚，现在回想起来，也只觉得记忆模糊。曾经让你哈哈大笑的梗，今天也几乎不记得了。是你的记忆变差了吗？只是你知道，有些东西对你不重要罢了。今年的虽然烂，可你嘻嘻哈哈地和人聊聊微信，刷刷微博，抢会儿红包，也就混过去了。

其实人生里的那些情绪也是一样，你觉得熬不下去了，其实忍一忍也就过去了，能够吐槽出来的难事，就算不上是过不去的事情。如果你觉得连吐槽的点也没有，那么努力努力，像今年的营销号那样，也是能找到点硬到不行的梗的。

这世上我们无能为力的事情有很多，例如生老病死，他不爱你。也有很多我们可以做却经常忘记的事情，例如告诉我妈她在我心里一直是最美的，例如趁年轻的时候再努力一把。有很多事情还没有开始做之前，我们会觉得很难，可是你真的开始了之后，其实也不过是越来越顺手而已。

这一生，你要做出很多的选择，快乐或者悲伤，决定留下或是迈向远方，你会遇到改变自己的机会，也可能始终坚持自我。珍惜生命的开始，大概是去了解如何舍，又怎样得。你不会一辈子都不后悔，因为总有事情来不及，可是如果可以，记得让自己少后悔一些。人生里最该感谢的人，应当是自己，让你在无数艰难的时刻选择了不放弃，是你的勇敢让你总是漂泊也无畏，即使难过也不忘微笑。

人生苦短，不要恨晚。

图书在版编目（CIP）数据

不是世界不好，是你见的太少 / 渡渡著. -- 兰州：读者出版社，2019.1
ISBN 978-7-5527-0556-0

Ⅰ.①不… Ⅱ.①渡… Ⅲ.①散文集－中国－当代 Ⅳ.①I267

中国版本图书馆CIP数据核字（2019）第000855号

不是世界不好，是你见的太少
渡渡　著

责任编辑　房金蓉
封面设计　胡椒设计
选题策划　京贵传媒

出　　版	读者出版社
地　　址	兰州市城关区读者大道568号（730030）
邮　　箱	readerpress@163.com
电　　话	0931-8773027（编辑部）
印　　刷	北京温林源印刷有限公司
规　　格	开本880毫米×1194毫米　1/32 印张10.5　插页2　字数172千
版　　次	2019年3月第1版
印　　次	2019年3月第1次印刷
书　　号	ISBN 978-7-5527-0556-0
定　　价	42.00元

凡本书出现印装质量问题，请与我们联系调换。
联系电话：010-65801127